Learn German
with
Dark Mystery Stories

German A1 Reader

Brian Smith

German Graded Readers
For more books and E-book options visit:
www.briansmith.de

Das alte Schiff in London

1. Der Neue Job

Die Lichter auf der HMS Belfast waren gedämpft, als John seine erste Abendschicht als Nachtwächter antrat. Er spürte eine Mischung aus Aufregung und Nervosität, als er das weitläufige Deck betrat.

Während er das Schiff in seiner ersten Nacht erkundete, wirkte es nachts eigenartig und still. Das Knarren der Planken unter seinen Schuhen hallte durch die Dunkelheit.

Ein älterer Kollege, Peter, gesellte sich zu ihm und flüsterte verschwörerisch: „Hast du schon von der Legende des Geistes auf der Belfast gehört?"

John lachte leicht. „Glaubst du an Geister?"

Peter nickte geheimnisvoll. „Manche behaupten, hier spukt es."

Während seiner Runden hörte John seltsame Geräusche, doch er schob sie auf das Setzen des Schiffs. Als er in den unteren Decks eine alte, verschlossene Tür entdeckte, überkam ihn die Neugier.

Er versuchte, die Tür zu öffnen, aber sie blieb fest verschlossen. Bei seinem Kollegen nachfragend, zuckte dieser nur mit den Schultern. „Keine Ahnung, was dahinter ist."

In jener Nacht träumte John von der verschlossenen Tür und einem verborgenen Geheimnis. Am nächsten Tag setzte er sich fest in den Kopf, herauszufinden, was sich dahinter verbarg.

Die Recherche über die Geschichte der HMS Belfast führte ihn zu einem Rätsel aus vergangenen Jahrzehnten - einem verschollenen Matrosen, der sein Geheimnis mit ins Grab genommen hatte.

1. Aufregung: Excitement
2. Dunkelheit: Darkness
3. Forschung: Research
4. Geheimnis: Secret

5. Geist: Ghost
6. Geschichte: History
7. Geräusche: Sounds
8. Grab: Grave
9. Kollege: Colleague
10. Legende: Legend
11. Matrose: Sailor
12. Nervosität: Nervousness
13. Neugier: Curiosity
14. Planken: Planks
15. Rätsel: Puzzle
16. Runden: Rounds
17. Setzen: Settling
18. spuken: Haunt
19. verschlossen: Locked
20. verschollen: Lost (adjective)
21. vergangene Jahrzehnte: Past decades
22. weitläufig: Spacious
23. Whisper: flüstern
24. mit ins Grab nehmen: Take to the grave

2. Die Flüsternden Stimmen

John setzt seine Nachtschichten fort und wird immer neugieriger.

In einer Nacht hört er plötzlich leise Stimmen in der Nähe der verschlossenen Tür. „Was ist das nur?", denkt er und nähert sich vorsichtig. Doch die Stimmen verstummen, sobald er sich zu sehr annähert.

Obwohl er sich unsicher fühlt, behält John seine Angst für sich. Bei seinen Streifzügen entdeckt er in einem vergessenen Lagerraum einen alten Schlüssel. „Vielleicht passt er ja zur verschlossenen Tür", überlegt er und entscheidet sich, es zu versuchen.

In dieser Nacht öffnet der Schlüssel tatsächlich die Tür. Dahinter findet John einen verlassenen Raum, gefüllt mit alten

Seekarten und einem defekten Radio. Ein kalter Schauer überläuft ihn beim Betreten des Raumes.

Plötzlich kehren die flüsternden Stimmen zurück, lauter als zuvor. John versucht, ihre Quelle zu finden, doch es gelingt ihm nicht. Plötzlich schlägt die Tür hinter ihm zu und sperrt ihn ein.

John spürt echte Angst und wird sich bewusst, dass er nicht allein ist. Eine Stimme sagt: „Finde die Wahrheit."

1. allein: Alone
2. Angst: Fear
3. bewusst: Aware
4. Betreten: Enter
5. defekt: Defective
6. echte Angst: Real fear
7. gelingt: Succeeds
8. kalter Schauer: Cold shiver
9. lauter: Louder
10. leise: Quiet
11. Nachtschichten: Night shifts
12. neugierig: Curious
13. Quelle: Source
14. Raum: Room
15. schlägt zu: Slams shut
16. Seekarten: Sea charts
17. sperrt ein: Locks in
18. spürt: Feels
19. Stimmen: Voices
20. Streifzüge: Rounds
21. verschlossen: Locked
22. Wahrheit: Truth
23. Whispering: flüsternd
24. unsicher: Insecure
25. Vergessener Lagerraum: Forgotten storage room
26. Schlüssel: Key

3. Das Versteckte Tagebuch

John schafft es nach mehreren Versuchen, aus dem Raum zu entkommen. „Puh, das war knapp", sagt er zu sich selbst und fühlt sich erschüttert, aber noch entschlossener, das Geheimnis zu lüften.

In dem Raum entdeckt er ein altes Tagebuch, das dem verschwundenen Matrosen gehört. „Vielleicht enthüllt es das Geheimnis", denkt er. Das Tagebuch erwähnt ein Versteck auf dem Schiff.

Jeden Abend liest John das Tagebuch. Er erfährt mehr über das Leben und die Ängste des Matrosen. Das Tagebuch enthüllt auch einen verborgenen Schatz auf dem Schiff.

John wird besessen davon, den Schatz zu finden. Nachts durchsucht er das Schiff gründlich. Die flüsternden Stimmen führen ihn zu verschiedenen Teilen des Schiffs. „Vielleicht hilft mir der Geist des Matrosen", denkt John.

Schließlich entdeckt er ein verstecktes Fach in der Kabine des Kapitäns. Darin findet er alte Münzen und ein seltsames Amulett. Er nimmt das Amulett und spürt eine merkwürdige Energie.

In dieser Nacht scheint das Schiff lebendiger und geheimnisvoller zu sein. „Was hat dieses Amulett zu bedeuten?", fragt sich John und betrachtet es nachdenklich.

1. Amulett: Amulet
2. Ängste: Fears
3. bedeuten: Mean
4. besessen: Obsessed
5. durchsucht: Searches
6. Energie: Energy
7. enthüllen: Reveal
8. entschlossen: Determined
9. erfährt: Learns
10. erschüttert: Shaken
11. Geheimnis: Mystery
12. geheimnisvoll: Mysterious

13. gehört: Belongs
14. gehören: Lead
15. geistig: Ghost
16. gründlich: Thoroughly
17. hilft: Helps
18. Kabine: Cabin
19. Kapitän: Captain
20. knapp: Narrow
21. Leben: Life
22. lebendig: Alive
23. lüften: Uncover
24. liest: Reads
25. merkwürdig: Strange
26. Münzen: Coins
27. nachdenklich: Thoughtful
28. nimmt: Takes
29. Raum entkommen: Escape from the room
30. schließlich: Finally
31. Schatz: Treasure
32. seltsam: Strange
33. Teile: Parts
34. Tagebuch: Diary
35. unentdeckt: Undiscovered
36. verborgen: Hidden
37. verstecktes Fach: Hidden compartment
38. verschwunden: Disappeared
39. Versuche: Attempts
40. versucht: Tries

4. Die Warnung

Nachdem John das Amulett gefunden hat, ändert sich sein Verhalten. Er wird geheimnisvoller und spricht weniger.

Seine Kollegen bemerken, dass etwas nicht stimmt. „John, ist alles in Ordnung?", fragt einer der Kollegen besorgt.

John antwortet ausweichend: „Ja, alles okay. Nur ein bisschen müde."

In einer Nacht werden die flüsternden Stimmen zu einer Warnung: „Gib es zurück."

John fühlt sich hin- und hergerissen, entscheidet aber, das Amulett zu behalten. Er spürt, wie sich Schatten in den Ecken seiner Augen bewegen.

Die Atmosphäre auf dem Schiff wird schwerer und bedrohlicher. Ein anderer Kollege sagt besorgt: „John, du bist so still in letzter Zeit. Alles in Ordnung?"

John antwortet kurz: „Alles gut, mach dir keine Sorgen."

Er versucht das Amulett zurückzugeben, aber er verirrt sich. Die Anordnung des Schiffs scheint sich zu ändern und verwirrt ihn.

Endlich findet er das Fach, aber es ist versiegelt. Lautes Lachen und Weinen hallen durch das Schiff.

John rennt auf das Deck und fühlt sich gefangen und ängstlich. Das Schiff wird von dichtem Nebel umhüllt und isoliert es.

Plötzlich sieht er die geisterhafte Figur des Matrosen, die auf das Meer zeigt. „Was willst du mir sagen?", flüstert John unsicher.

1. Anordnung: Arrangement
2. Ängstlich: Anxious
3. Atmosphäre: Atmosphere
4. Ausweichend: Evasive
5. Behalten: Keep
6. Bemerken: Notice
7. Besorgt: Concerned
8. Bedrohlich: Threatening
9. Behavior: Verhalten
10. Besorgnis: Worry
11. Crying: Weinen
12. Dichter Nebel: Thick fog
13. Endlich: Finally
14. Gefangen: Trapped
15. Geheimnisvoll: Mysterious
16. Geisterhaft: Ghostly

17. Get Lost: Verirren
18. Hallen: Echo
19. Isoliert: Isolated
20. Kollegen: Colleagues
21. Letzter Zeit: Lately
22. Mach dir keine Sorgen: Don't worry
23. Meer: Sea
24. Müde: Tired
25. Rennt: Run
26. Schatten: Shadows
27. Schwerer: Heavier
28. Still: Silent
29. Stimmt nicht: Not right
30. Unentschieden: Uncertain
31. Versiegelt: Sealed
32. Versuchen: Try
33. Verwirren: Confuse
34. Warnung: Warning
35. Weniger: Less
36. Whisper: Flüstern
37. Zurückgeben: Give back

5. Der Sturm

Ein plötzlicher Sturm trifft das Schiff und bringt es heftig ins Schwanken.

John kämpft, um sein Gleichgewicht auf dem Deck zu halten. Ein Kollege ruft besorgt: „Pass auf, John! Der Sturm ist stark!"

Inmitten des Sturms erscheint der geisterhafte Matrose wieder und deutet, dass John ihm folgen soll. „Wohin gehst du?", fragt John ängstlich.

Der Matrose führt John zu einem versteckten Teil des Schiffs. Dort findet er alte Dokumente über einen gestohlenen Gegenstand. „Das Amulett ist der gestohlene Gegenstand, und es ist verflucht", murmelt John.

Der Sturm wird stärker und spiegelt Johns Erkenntnis wider. „Was soll ich tun?", denkt er verzweifelt. Schließlich fasst er einen Entschluss.

Entschlossen wirft er das Amulett ins Wasser. Gleichzeitig beruhigt sich der Sturm. Der geisterhafte Matrose nickt ihm zu und verschwindet.

John empfindet Erleichterung und Abschluss. Obwohl das Schiff wieder normal wird, hat der Vorfall ihn für immer verändert.

Er kündigt seinen Job, weil er spürt, dass es Zeit ist, weiterzugehen. Das Rätsel der HMS Belfast bleibt eine Legende.

1. Abschluss: Closure
2. Ängstlich: Anxious
3. Beruhigen: Calm down
4. Besorgt: Worried
5. Deutet: Indicates
6. Erscheinen: Appear
7. Entschluss: Decision
8. Erkenntnis: Realization
9. Erleichterung: Relief
10. Fassen: Make
11. Folgen: Follow
12. Gegenstand: Object
13. Geisterhaft: Ghostly
14. Gestohlen: Stolen
15. Gleichgewicht: Balance
16. Gleichzeitig: Simultaneously
17. Heftig: Violently
18. Inmitten: Amidst
19. Job kündigen: Resign from the job
20. Kämpfen: Fight
21. Matrose: Sailor
22. Meer: Sea
23. Murmeln: Mumble
24. Nicken: Nod
25. Plötzlicher Sturm: Sudden storm

26. Rätsel: Puzzle
27. Ruf: Calls
28. Swaying: Schwanken
29. Verflucht: Cursed
30. Versteckter Teil: Hidden part
31. Verschwinden: Disappear
32. Wirft: Throws
33. Wo gehst du hin?: Where are you going?

6. Die Letzte Nacht

An seinem letzten Abend auf der HMS Belfast fühlt sich John nostalgisch und traurig. Ein Kollege sagt freundlich: „Es war schön, mit dir zu arbeiten, John. Wir werden dich vermissen."

John macht einen letzten Spaziergang über das Schiff. Er denkt über die vergangenen Ereignisse nach. Ein anderer Kollege fragt: „Blickst du gerne zurück, John?"

Plötzlich hört er zum letzten Mal die flüsternden Stimmen. Sie danken ihm dafür, das Amulett zurückgebracht zu haben. „Danke, John", flüstern sie sanft.

John empfindet Frieden und Erfüllung. „Ich denke, ich habe das Richtige getan", sagt er zu sich selbst.

Er besucht den alten Raum ein letztes Mal. Jetzt ist er leer und still. „Es ist Zeit zu gehen", denkt John.

Auf dem Deck reflektiert er über seine Reise und die Dinge, die er gelernt hat. „Manche Geheimnisse sollten besser ungelöst bleiben", sagt er nachdenklich.

Mit einem letzten Blick zurück verlässt er das Schiff. Der Mond ist voll und wirft silbernes Licht auf die HMS Belfast.

Plötzlich sieht er eine schattenhafte Figur, die von der Reling winkt. „Auf Wiedersehen, Matrose", sagt John leise und winkt zurück.

Mit einem Lächeln tritt er seinen Weg in ein neues Kapitel seines Lebens an. Die HMS Belfast sitzt schweigend da und bewahrt ihre Geheimnisse.

1. Auf Wiedersehen: Goodbye
2. Besuchen: Visit
3. Bewahren: Preserve
4. Besser: Better
5. Blick zurück: Look back
6. Denken über: Reflect on
7. Das Richtige tun: Do the right thing
8. Erfüllung: Fulfillment
9. Freundlich: Friendly
10. Geheimnisse: Secrets
11. Leer: Empty
12. Lächeln: Smile
13. Nachdenklich: Thoughtful
14. Nostalgisch: Nostalgic
15. Past Events: Vergangene Ereignisse
16. Peace: Frieden
17. Reflect on: Reflektieren über
18. Railing: Reling
19. Sad: Traurig
20. Shadowy: Schattenhaft
21. Silbernes Licht: Silver light
22. Softly: Leise
23. Spaziergang: Walk
24. Still: Quiet
25. Time to go: Zeit zu gehen
26. Unresolved: Ungelöst
27. One last time: Ein letztes Mal
28. Returned: Zurückgebracht
29. Miss: Vermissen
30. Wave: Winken
31. Like to look back: Blicken gerne zurück
32. For the last time: Zum letzten Mal
33. Journey: Reise

34. Leave: Verlassen
35. New chapter: Neues Kapitel
36. Silently: Schweigend
37. Silver light: Silbernes Licht

Die Geheimgesellschaft

1. Der Geheimnisvolle Brief

In einem kleinen, ruhigen Dorf in Deutschland arbeitet Johannes, ein junger Mann im örtlichen Postamt. Eines Tages erhält er einen merkwürdigen Brief ohne Absender, direkt an ihn adressiert. Der Brief warnt: „Hüte dich vor dem Vollmond. Gefahr naht.“

Verwirrt und ein wenig verängstigt zeigt Johannes den Brief seiner Freundin Sarah, die ebenfalls im Postamt arbeitet. Sarah scherzt und meint, es könnte nur ein Streich sein. Johannes kann jedoch nicht aufhören, über den Inhalt des Briefs nachzudenken.

Nach der Arbeit geht Johannes nach Hause und schaut sich vorsichtig um. Er erzählt seiner Katze, Whiskers, von dem mysteriösen Brief. Trotzdem entscheidet er sich, ihn zu vergessen und geht schlafen.

In dieser Nacht hört Johannes draußen seltsame Geräusche. Er schaut aus dem Fenster, sieht jedoch nichts Ungewöhnliches. Am nächsten Tag ist er bei der Arbeit unruhig. Sarah bemerkt seine Sorge und fragt besorgt nach: „Was ist los, Johannes? Warum siehst du so besorgt aus?“

1. Arbeit: Work
2. arbeiten: Work
3. aus dem Fenster schauen: Look out of the window
4. bei der Arbeit: At work
5. bemerken: Notice
6. besorgt: Concerned
7. besorgt aussehen: Look worried
8. Beware of: Hüte dich vor
9. Brief: Letter
10. draußen: Outside
11. Dorf: Village
12. ebenso: Also
13. erhalten: Receive

14. erzählen: Tell

15. Gefahr: Danger

16. Geheimgesellschaft: Secret society

17. Geheimnisvolle: Mysterious

18. Hüte dich vor: Beware of

19. Inhalt: Content

20. merkwürdig: Strange

21. Mysteriöse: Mysterious

22. nach Hause gehen: Go home

23. nachdenken: Think about

24. nächster Tag: Next day

25. naht: Approaches

26. nichts Ungewöhnliches: Nothing unusual

27. ohne Absender: Without sender

28. örtlichen Postamt: Local post office

29. Prank: Streich

30. scherzen: Joke

31. sich vorsichtig umschauen: Look around carefully

32. seltsame Geräusche: Strange sounds

33. Sorge: Worry

34. verwirrt: Confused

35. verängstigt: Frightened

36. vergessen: Forget

37. Vollmond: Full moon

38. What's going on: Los

39. Werk: Work

2. Die Erste Spur

Nach der Arbeit gehen Johannes und Sarah gemeinsam nach Hause. Auf dem Weg finden sie in der Nähe von Johannes' Haus eine kaputte Uhr auf dem Boden. Die Uhr sieht alt und teuer aus. Johannes erinnert sich daran, etwas über einen vermissten alten Mann im Dorf gehört zu haben.

Sie überlegen, ob die Uhr diesem Mann, Herrn Edwards, gehört. Entschlossen beschließen sie, zur Polizeiwache zu gehen, um es zu melden. Auf der Polizeiwache dankt ihnen der Beamte für das Bringen der Uhr und bestätigt, dass sie Herrn Edwards gehört.

Johannes und Sarah sind besorgt um Herrn Edwards und beginnen, im Dorf nach ihm zu fragen. Die meisten Dorfbewohner haben ihn seit Tagen nicht gesehen. Sie erfahren, dass Herr Edwards oft im Wald spazieren ging.

Entschlossen beschließt Johannes, den Wald zu durchsuchen, um nach Herrn Edwards zu suchen. Sarah stimmt zu, ihm bei der Suche zu helfen. Gemeinsam planen sie, am nächsten Tag mit ihrer Suche zu beginnen. Während sie sich auf den nächsten Tag vorbereiten, hoffen sie, Herrn Edwards zu finden und mehr über das Geheimnis der kaputten Uhr zu erfahren.

1. Bericht: Report
2. Besorgt: Concerned
3. Besorgt um: Concerned about
4. Bestätigen: Confirm
5. Boden: Ground
6. Dorfbewohner: Villager
7. Durchsuchen: Search
8. Erfahren: Learn
9. Erinnerung: Memory
10. Gemeinsam: Together
11. Geheimnis: Secret
12. hoffen: Hope
13. Kaputt: Broken
14. Melden: Report
15. Nächster Tag: Next day
16. Polizeiwache: Police station
17. Seit: Since
18. spazieren gehen: Take a walk
19. Spur: Trace
20. Suchen: Look for
21. Teuer: Expensive
22. Uhr: Clock/watch
23. Unterwegs: On the way
24. wissen: Know
25. Wald: Forest
26. Weg: Way

27. Zusammen: Together
28. Zuhause: Home
29. über: About

3. Im Wald

Johannes und Sarah treffen sich früh am nächsten Morgen. Gemeinsam packen sie etwas Essen und Wasser für ihre Suche ein. Als sie in den Wald gehen, fühlen sie sich ein wenig ängstlich.

„Wir sollten vorsichtig sein, Sarah. Wir wissen nicht, was uns im Wald erwartet", sagt Johannes.

Die beiden rufen nach Herrn Edwards, aber erhalten keine Antwort. Sie finden einen Weg, der weniger benutzt aussieht. Auf dem Weg entdecken sie eine kleine, versteckte Hütte.

„Schau mal, Johannes, diese Hütte sieht aus, als wäre sie schon seit Jahren nicht mehr benutzt worden", bemerkt Sarah.

Entschlossen entscheiden sie sich, in die Hütte zu schauen. Drinnen finden sie weitere Briefe, ähnlich wie der, den Johannes erhalten hat.

„Es sieht so aus, als hätte Herr Edwards hier etwas versteckt. Vielleicht können uns diese Briefe mehr darüber verraten", schlägt Johannes vor.

Die Briefe warnen auch vor Gefahr und dem Vollmond. Plötzlich hören sie ein Geräusch draußen vor der Hütte.

„Hast du das gehört, Sarah? Da draußen ist etwas", flüstert Johannes.

Schnell rennen sie hinaus und sehen einen Schatten im Wald. „Da ist jemand! Wir sollten ihm folgen", sagt Sarah aufgeregt. Sie verfolgen den Schatten, verlieren ihn aber zwischen den Bäumen.

Als sie zur Hütte zurückkehren, finden sie ein Foto von Herrn Edwards. Das Foto zeigt ihn neben derselben Hütte.

„Schau, Johannes, das ist definitiv Herr Edwards. Aber warum sollte er hier sein und diese Briefe verstecken?" fragt Sarah verwirrt.

1. Ängstlich: Anxious
2. Aufgeregt: Excited
3. Aussieht: Looks
4. Benutzt: Used
5. Bemerken: Notice
6. Benachrichtigen: Notify
7. Draußen: Outside
8. Drinnen: Inside
9. Ein wenig: A little
10. Einpacken: Pack
11. Empfangen: Receive
12. Entdecken: Discover
13. Entschlossen: Determined
14. Erhalten: Obtain
15. Erwarten: Expect
16. Flüstern: Whisper
17. Gehören: Belong
18. Gemeinsam: Together
19. Geräusch: Noise
20. Hütte: Hut
21. Packen: Pack
22. Plötzlich: Suddenly
23. Rennen: Run
24. Rufen: Call
25. Schatten: Shadow
26. Schauen: Look
27. Schlägt vor: Suggest
28. Sicher: Safe
29. Sollten: Should
30. Spur: Trace
31. Unterwegs: On the way
32. Verfolgen: Chase
33. Verlassen: Abandoned
34. Verlieren: Lose
35. Verstecken: Hide
36. Verraten: Reveal

37. Vorsichtig: Cautious
38. Vorher: Before
39. Vorstellen: Imagine
40. Vorwarnung: Forewarning
41. Während: While
42. Wir sollten: We should
43. Wohnen: Reside
44. Ziemlich: Quite
45. Zurückkehren: Return

4. Entwirrung der Geheimnisse

Johannes und Sarah sitzen zusammen und besprechen das Foto und die Briefe. „Was denkst du, Sarah? Hat Herr Edwards uns diese Briefe geschickt?" fragt Johannes.

Sarah überlegt und sagt: „Es könnte sein, aber warum würde er das tun? Wir sollten mit Frau Edwards sprechen und mehr herausfinden."

Die beiden beschließen, zu Frau Edwards, Herrn Edwards' Frau, zu gehen. Als sie bei ihr sind, erzählt sie ihnen, dass ihr Mann Astronomie geliebt hat. „Er war fasziniert vom Vollmond und den Sternen", sagt sie.

Johannes erinnert sich daran, dass heute Vollmond ist. „Vielleicht hat das etwas mit den Briefen zu tun. Wir sollten die Hütte beobachten", schlägt er vor.

Sie fragen Frau Edwards nach der Hütte, aber sie weiß nichts darüber. Entschlossen entscheiden sich Johannes und Sarah, die Hütte in dieser Nacht zu beobachten.

„Wir sollten uns in der Nähe der Hütte verstecken und warten", schlägt Sarah vor.

Als der Mond voll wird, hören sie Schritte. „Da kommt jemand", flüstert Johannes aufgeregt.

Jemand nähert sich der Hütte. „Schnell, lass uns sehen, wer das ist", sagt Sarah. Sie verstecken sich und beobachten, wie ein Mann die Hütte betritt.

„Das ist nicht Herr Edwards! Wer könnte das sein?" wundert sich Johannes. Die beiden beschließen, ihm leise in die Hütte zu folgen, um mehr über die Geheimnisse dieses mysteriösen Ortes zu erfahren.

1. Astronomie: Astronomy
2. Beobachten: Observe
3. Beobachten: Watch
4. Betritt: Enter
5. Beschließen: Decide
6. Besprechen: Discuss
7. Bestimmt: Determined
8. Betritt: Enter
9. Dafür: For that
10. Darüber: About that
11. Das könnte sein: That could be
12. Da kommt jemand: Someone is coming
13. Dies: This
14. Doch: However
15. Entscheiden: Decide
16. Entschlossen: Determined
17. Entwirrung: Unraveling
18. Erinnern: Remember
19. Erinnert sich: Remembers
20. Es könnte sein: It could be
21. Fühlen: Feel
22. Geheimnisvoll: Mysterious
23. Geliebt hat: Loved
24. Hütte: Hut
25. Hin- und hergerissen: Torn
26. In der Nähe von: Near
27. Leise: Quietly
28. Mysteriösen: Mysterious
29. Nähert sich: Approaches
30. Nichts darüber: Nothing about it
31. Ob: Whether
32. Schickt: Sends

33. Schritte: Steps
34. Schüchtern: Shy
35. Selbst: Himself
36. Sieht aus: Looks
37. Sollten: Should
38. Spur: Trace
39. Treffen: Meet
40. Unruhig: Restless
41. Verbergen: Hide
42. Verstecken: Hide
43. Vorher: Before
44. Vorsichtig: Cautious
45. Warten: Wait
46. Wohnen: Reside
47. Wollen: Want
48. Wundert sich: Wonder
49. Würde: Would
50. Zusammen: Together

5. Die verborgene Wahrheit

In der Hütte sehen Johannes und Sarah den Mann, Herrn Thompson, der durch Papiere blättert. „Wer seid ihr? Was macht ihr hier?" ruft er überrascht aus.

Johannes stellt sich vor: „Ich bin Johannes, und das ist Sarah. Wir haben die Briefe gefunden und wollten herausfinden, was hier vor sich geht."

Herr Thompson wirkt nervös, aber er erklärt, dass er ein Freund von Herrn Edwards ist und ihm bei seiner Forschung geholfen hat. „Aber was bedeuten die Briefe und die Warnungen?" fragt Sarah neugierig.

Herr Thompson zögert einen Moment, dann enthüllt er ein Geheimnis. „Herr Edwards hat etwas Gefährliches im Wald entdeckt. Die Gefahr ist mit dem Vollmond verbunden", erklärt er.

Während sie reden, hören sie draußen ein weiteres Geräusch. „Da ist jemand draußen. Wir sollten nachsehen", schlägt Johannes vor.

Sie schauen hinaus und sehen Herrn Edwards auf sie zukommen. Herr Edwards sieht ängstlich und müde aus. „Ich habe mich vor jemandem versteckt", gesteht er.

Plötzlich hören sie draußen weitere Schritte. „Sie verstecken sich in der Hütte. Wir müssen herausfinden, wer das ist", flüstert Sarah aufgeregt.

1. Ängstlich: Anxious
2. Bedeuten: Mean
3. Blättern: Leaf through
4. Entdeckt: Discovered
5. Enthüllen: Reveal
6. Erforschen: Research
7. Erklärt: Explains
8. Erneut: Again
9. Forschung: Research
10. Gestehen: Admit
11. Hütte: Hut
12. Hinaus: Out
13. Müde: Tired
14. Nervös: Nervous
15. Neugierig: Curious
16. Noch einmal: Once again
17. Reden: Talk
18. Ruft aus: Exclaims
19. Schauen: Look
20. Schlägt vor: Suggest
21. Schritte: Steps
22. Sieht aus: Looks
23. Vorstellen: Imagine
24. Warnungen: Warnings
25. Wahrheit: Truth
26. Weitere: Further

27. Wissen: Know
28. Zögert: Hesitates
29. Zukommen: Approach

6. Der Höhepunkt

Mehrere Personen nähern sich der Hütte. Johannes flüstert aufgeregt: „Schaut mal, wer da kommt! Sie sehen aus wie Dorfbewohner, aber benehmen sich so seltsam."

Die Gruppe versteckt sich und beobachtet die Leute draußen. Herr Edwards flüstert: „Wir sind in Gefahr. Diese Leute sind Teil einer Geheimgesellschaft."

Die Leute beginnen ein seltsames Ritual. Sarah fragt besorgt: „Was machen die da draußen? Es sieht unheimlich aus."

Johannes realisiert: „Ich glaube, das ist eine Geheimgesellschaft. Sie denken, der Vollmond gibt ihnen besondere Kräfte."

Herr Edwards erklärt: „Genau das ist das Geheimnis, das ich entdeckt habe. Sie haben mich bedroht, als sie es herausfanden."

Das Ritual wird intensiver. Johannes entscheidet: „Wir müssen die Polizei rufen. Das ist zu gefährlich."

Er ruft leise um Hilfe. „Die Polizei sollte gleich hier sein", flüstert Johannes.

Die Polizei kommt gerade rechtzeitig an, als das Ritual seinen Höhepunkt erreicht. Die Mitglieder der Geheimgesellschaft werden verhaftet.

Herr Edwards dankt Johannes und Sarah für ihre Tapferkeit. „Ihr habt mein Leben gerettet", sagt er erleichtert.

Das Rätsel der Briefe und des Vollmonds ist gelöst. Die Gemeinschaft der Geheimnisse wurde aufgedeckt, und das Dorf kann nun in Sicherheit leben.

1. bedrohen: threaten

2. benehmen sich: behave
3. besondere Kräfte: special powers
4. Briefe: letters
5. Dorf: village
6. draußen: outside
7. erleichtert: relieved
8. genau das: exactly that
9. gefährlich: dangerous
10. gemeinsam: together
11. Geheimnis: secret
12. gerade rechtzeitig: just in time
13. geben: give
14. Höhepunkt: climax
15. intensiv: intense
16. ist zu gefährlich: too dangerous
17. Mitglieder: members
18. mehrere: several
19. Rätsel: mystery
20. Tapferkeit: bravery

Ein karibisches Paradies

1. Ein Neuanfang

Schauplatz: London, wo Mary lebt. Charaktereinführung: Mary, eine junge Bankangestellte.

Mary: „Ich habe ein aufregendes Jobangebot von einer Bank auf den Kaimaninseln bekommen!" Familie und Freunde: „Das ist ja aufregend, Mary! Aber die Kaimaninseln sind so weit weg. Bist du sicher?" Mary: „Ja, ich freue mich wirklich darauf. Eine neue Chance, etwas Neues zu erleben!"

In den Kaimaninseln angekommen, ist Mary beeindruckt von der Schönheit der Umgebung.

Mary: „Wow, die Kaimaninseln sind wirklich atemberaubend!"

Mary beginnt ihren neuen Job und lernt ihre Kollegen kennen, darunter Carlos.

Carlos: „Hallo Mary, willkommen! Hast du schon die wundervollen Strände hier gesehen?" Mary: „Ja, sie sind fantastisch! Erzähl mir mehr über die Inseln."

Carlos spricht oft über Kuba und Castro, was Mary neugierig macht.

Carlos: „Kuba hat eine faszinierende Geschichte, findest du nicht?" Mary: „Ja, das stimmt. Ich habe mich nie so intensiv damit beschäftigt."

Eines Tages belauscht Mary Carlos am Telefon.

Carlos: „Ja, lass uns das in Ruhe besprechen. Es gibt einige Pläne in Arbeit." Mary: (denkt) „Was könnte das bedeuten? Ich sollte besser ein Auge auf Carlos haben."

Nachts beginnt Mary, über Kuba und seine Geschichte zu recherchieren.

1. atemberaubend: breathtaking
2. beeindruckt von: impressed by

3. Kaimaninseln: Cayman Islands
4. Kollege: colleague
5. Bankangestellte: bank employee
6. Chance: opportunity
7. Geschichte: history
8. Inseln: islands
9. Pläne: plans
10. Schönheit: beauty
11. Umgebung: surroundings
12. fantastisch: fantastic
13. faszinierend: fascinating
14. freuen sich: look forward to
15. intensiv: intensive
16. neugierig: curious
17. aufregend: exciting
18. wundervollen: wonderful

2. Das Geheime Treffen

Mary beobachtet weiterhin Carlos bei der Arbeit.

Kollegin: „Mary, warum guckst du Carlos immer so an?" Mary: „Ach, ich finde nur seine Arbeitsweise interessant."

Eines Tages bemerkt Mary, wie Carlos diskret ein Paket empfängt.

Kollege: „Carlos, was ist in dem Paket?" Carlos: „Nichts, nur persönliche Dinge."

Mary beschließt, Carlos nach der Arbeit zu folgen.

Mary: „Wohin geht er wohl?"

Carlos trifft sich mit einem Mann an einem abgelegenen Ort.

Mary: (versteckt) „Was machen die beiden da?"

Sie beobachtet, wie sie ein Umschlag austauschen.

Carlos: „Die Pläne sind in Gang."

Mary hört sie von „Drogen" und „Plänen" sprechen.

Mary: (ängstlich) „Das klingt gefährlich.“

Sie entscheidet sich, weiter zu ermitteln.

Mary: „Ich sollte Alex um Rat fragen.“

Am Telefon mit Alex:

Alex: „Mary, sei vorsichtig. Misch dich nicht zu sehr ein.“

Mary kann ihre Neugier nicht unterdrücken.

Mary: „Ich muss herausfinden, was vor sich geht.“

Sie beginnt, Notizen über Carlos’ Aktivitäten zu machen.

Mary: „Es scheint, als gäbe es Drogenhandel in der Region.“

Sie verdächtigt, dass Carlos involviert sein könnte.

Mary: „Heute Nacht werde ich ihn konfrontieren.“

 1. abgelegenen: secluded
 2. achten: to pay attention
 3. Aktivitäten: activities
 4. ängstlich: anxious
 5. austauschen: exchange
 6. beobachten: observe
 7. bemerken: notice
 8. Diskret: discreet
 9. Eines Tages: one day
10. empfängt: receives
11. gefährlich: dangerous
12. geht er wohl: is he going
13. guckst: look
14. involviert: involved
15. interessant: interesting
16. konfrontieren: confront
17. machen die beiden: the two are doing
18. Macht: power
19. Neugier: curiosity
20. Notizen: notes
21. persönliche: personal

22. Pläne: plans
23. Pläne sind in Gang: plans are underway
24. Region: region
25. sei vorsichtig: be careful
26. sprechen: speak
27. Treffen: meeting
28. Umschlag: envelope
29. versteckt: hidden
30. weiter zu ermitteln: to investigate further
31. Wohin geht er wohl: where is he going

3. Die Konfrontation

Am nächsten Tag spricht Mary Carlos an.

Mary: „Carlos, was ist mit den geheimen Treffen?" Carlos: „Welche Treffen meinst du? Ich weiß von nichts."

Mary schaut überrascht und glaubt ihm nicht.

Mary: „Ich will Antworten, Carlos. Was planst du?" Carlos: „Das geht dich nichts an. Misch dich nicht ein."

Später bemerkt Mary, dass ihr Schreibtisch durchsucht wurde.

Kollegin: „Mary, warum siehst du so besorgt aus?" Mary: „Ich glaube, Carlos hat meinen Schreibtisch durchsucht."

Misstrauisch installiert Mary eine kleine Kamera in ihrem Büro.

Die Kamera filmt, wie Carlos erneut ihren Schreibtisch durchsucht.

Mary beschließt, die Aufnahmen dem Bankmanager zu zeigen.

Bankmanager: „Das ist inakzeptabel! Wir werden das untersuchen."

Mary fühlt sich erleichtert, aber immer noch unsicher.

In dieser Nacht bekommt sie einen anonymen Drohbrief.

Drohbrief: „Hör auf zu schnüffeln, sonst..."

Mary erkennt, dass sie in Gefahr ist, aber sie ist entschlossen, die Wahrheit herauszufinden.

1. Akzeptabel: acceptable
2. anonymen: anonymous
3. Antworten: answers
4. bemerkt: notices
5. Besorgt: worried
6. Büro: office
7. Drohbrief: threatening letter
8. Durchsucht: searched
9. geht dich nichts an: is none of your business
10. glaubt ihm nicht: doesn't believe him
11. inakzeptabel: unacceptable
12. installiert: installs
13. Misch dich nicht ein: don't get involved
14. Misstrauisch: suspicious
15. nächstest: next
16. Planst: plan
17. Schaut überrascht: looks surprised
18. Schreibtisch: desk
19. Später: later
20. Spricht an: addresses
21. Treffen: meeting
22. Unsicher: uncertain
23. untersuchen: investigate
24. wissen: know

4. Die Verfolgung

Mary wird vorsichtiger bei der Arbeit.

Kollege: „Warum siehst du so nervös aus, Mary?" Mary: „Ich habe das Gefühl, dass etwas Seltsames vor sich geht."

Mary sammelt weiter Beweise gegen Carlos.

Freundin: „Bist du sicher, dass du das tun solltest, Mary?" Mary: „Ich muss die Wahrheit herausfinden."

An einem Abend folgt Mary Carlos zu einem verdächtigen Gebäude.

Dort hört sie eine Unterhaltung über einen Drogendeal.

Mary nimmt die Unterhaltung mit ihrem Handy auf.

Plötzlich bemerkt Carlos sie.

Carlos: „Was machst du hier, Mary?"

Eine angespannte Verfolgungsjagd durch die Straßen beginnt.

Mary schafft es zu entkommen und ruft Alex an.

Alex: „Geh zur Polizei, Mary. Das ist gefährlich."

Mary zögert, aus Angst vor Vergeltung.

Sie entscheidet sich, sich mit Alex an einem sicheren Ort zu treffen.

Auf dem Weg dorthin hat sie das Gefühl, dass jemand ihr folgt.

Mary erreicht den Treffpunkt, aber Alex ist nicht da.

Sie bekommt eine SMS von Alex: „Es ist eine Falle, lauf!"

Mary rennt, als sich ein Auto auf sie zubewegt.

1. Angst: fear
2. angespannte: tense
3. aufnehmen: record
4. Auto: car
5. befürchtet: fears
6. Beweise: evidence
7. Drogendeal: drug deal
8. entscheidet: decides
9. entkommen: escape
10. folgt: follows
11. Gefahr: danger
12. Gefühl: feeling
13. Gebäude: building
14. Handy: mobile phone

15. herausfinden: find out
16. hört: hears
17. lauf: run
18. nervös: nervous
19. ruft: calls
20. sicheren: safe
21. Seltsames: strange
22. SMS: text message
23. Treffpunkt: meeting point
24. Unterhaltung: conversation
25. verdächtigen: suspicious
26. Verfolgungsjagd: chase

5. Die Enthüllung

Mary entkommt knapp dem rasenden Auto.

Freundin: „Bist du in Ordnung, Mary? Das war knapp!" Mary: „Ja, aber ich muss Alex finden."

Sie findet einen sicheren Ort zum Verstecken.

Alex findet sie und offenbart eine schockierende Wahrheit.

Alex: „Carlos ist ein Verdächtiger Drogenboss. Wir müssen ihn stoppen." Mary: „Aber wie?"

Carlos plant einen großen Drogentransport.

Der Geheimagent in Kuba hat Alex informiert.

Marys Aufnahmen sind entscheidende Beweise.

Sie planen, die Beweise den Behörden zu übergeben.

Mary erkennt die Bedeutung ihrer Erkenntnisse.

Sie bereiten sich darauf vor, am nächsten Tag zur Polizei zu gehen.

In dieser Nacht kann Mary nicht schlafen und ist ängstlich.

Sie macht sich Sorgen um die Sicherheit ihrer Familie in London.

Alex versichert ihr, dass sie das Richtige tun.

Mary fühlt die Pflicht, Carlos zu stoppen.

Sie bereitet sich auf das Kommende vor.

1. ängstlich: anxious
2. aufnahmen: recordings
3. Bedeutung: meaning
4. Behörden: authorities
5. bereiten: prepare
6. Beweise: evidence
7. Drogentransport: drug transport
8. entscheidende: crucial
9. Enthüllung: revelation
10. finden: find
11. Geheimagent: secret agent
12. Knapp: barely
13. nächster Tag: next day
14. offenbart: reveals
15. Pflicht: duty
16. rasenden: raging
17. Schockierende: shocking
18. Sicherheit: safety
19. sicheren Ort: safe place
20. Sorgen: worries
21. stoppen: stop
22. Verstecken: hide
23. verdächtigen: suspect
24. Wahrheit: truth

6. Der Höhepunkt

Mary und Alex gehen mit den Beweisen zur Polizei.

Polizist: „Danke, dass Sie uns geholfen haben. Wir planen eine Razzia."

Mary soll so tun, als wäre alles normal.

Bei der Arbeit sieht Carlos Mary verdächtig an.

Die Spannung in der Bank ist hoch.

Die Polizei stürmt das Gebäude, wo der Drogenhandel stattfindet.

Carlos wird während der Razzia verhaftet.

Mary ist erleichtert, aber fürchtet immer noch Rache.

Die Polizei versichert ihr ihre Sicherheit.

Carlos starrt Mary böse an, als man ihn wegführt.

Die Bank dankt Mary für ihre Tapferkeit.

Mary beschließt, nach London zurückzukehren.

Sie merkt, dass sie stärker ist, als sie dachte.

Emma begrüßt sie zurück und ist stolz auf ihren Mut.

Mary beginnt, ein Buch über ihre Erlebnisse zu schreiben.

1. böse: angry
2. Buch: book
3. Drogenhandel: drug trafficking
4. erleichtert: relieved
5. Erlebnisse: experiences
6. Mut: courage
7. Rache: revenge
8. Razzia: raid
9. Sicherheit: safety
10. Spannung: tension
11. starrt: stares
12. Tapferkeit: bravery
13. zurückkehren: return

Segeln auf den Meeren macht Spaß

1. Der Unerwartete Sturm

„Was für ein Sturm!", sagte Tim, während er das Steuer festhielt.

„Die Wellen sind wirklich hoch. Wir müssen uns schnell einen sicheren Ort suchen", erwiderte Lisa besorgt.

Die Yacht, genannt „Southern Star", wurde von den kräftigen Winden und den wilden Wellen hin und her geschaukelt. Die Freunde kämpften darum, die Kontrolle zu behalten.

„Schaut mal da vorne! Eine Insel!", rief Chris und zeigte auf das ferne Ufer.

Sie entschieden sich, dort Zuflucht zu suchen und ihre Yacht zu reparieren. Die Insel war Gough Island, bekannt für ihre abgelegene Lage und das raue Klima.

Nachdem sie vor Anker gegangen waren, begannen sie die notwendigen Reparaturen. Währenddessen erkundeten sie die Insel.

„Wie fühlt ihr euch hier?", fragte Emma, die vierte im Bunde.

„Es ist irgendwie unheimlich. Diese Stille und die wilden Landschaften", antwortete Tim nachdenklich.

„Schauen wir uns um. Vielleicht finden wir etwas Interessantes", schlug Lisa vor.

Die Freunde wanderten durch die wilden Pfade der Insel und entdeckten schließlich einen Höhleneingang.

„Lasst uns hineingehen und sehen, was es da drin gibt", schlug Chris vor.

Die Entscheidung, die Höhle zu erkunden, sollte ihr Abenteuer auf Gough Island in eine unerwartete Richtung lenken.

1. abgelegen: remote
2. Anker: anchor

3. Entdecken: discover
4. Ferne: distant
5. fühlen: feel
6. Höhleneingang: cave entrance
7. Insel: island
8. Interessantes: interesting
9. Kontrolle: control
10. Kräftigen: strong
11. Lage: location
12. Landschaften: landscapes
13. nachdenklich: thoughtful
14. Notwendigen: necessary
15. raue: rough
16. reparieren: repair
17. schauen: look
18. Stille: silence
19. Sturm: storm
20. Ufer: shore
21. unerwartete: unexpected
22. unheimlich: eerie
23. wilden: wild
24. Winden: winds

2. Die Entdeckung

„Schaut mal, da drüben ist eine Höhle", sagte Chris und zeigte mit seinem Finger auf die dunkle Öffnung.

„Oh, das sieht interessant aus. Lasst uns nachsehen!", schlug Emma vor.

Die Freunde betraten die Höhle mit Neugier. Es war dunkel und feucht, aber sie benutzten ihre Taschenlampen, um den Weg zu finden.

„Was denkt ihr, was wir hier entdecken werden?", fragte Tim.

„Ich hoffe, etwas Spannendes!", antwortete Lisa, während sie weiter in die Höhle gingen.

Tief im Inneren stießen sie auf alte Skelette. Die Knochen lagen dort, als wären sie seit Jahrhunderten dort.

„Unglaublich! Das sind bestimmt Überreste von Seefahrern", sagte Emma, die die Skelette untersuchte.

Und neben den Skeletten entdeckten sie eine Truhe. Die Truhe war alt, von Staub und Spinnweben bedeckt.

„Was glaubt ihr, ist darin?", fragte Tim.

„Es gibt nur einen Weg, es herauszufinden. Lasst uns die Truhe öffnen", schlug Chris vor.

Sie öffneten die Truhe zögerlich und fanden alte Münzen und Juwelen darin.

„Wow, das ist wie ein Schatz!", rief Lisa aufgeregt.

Die Freunde waren begeistert, aber auch ein wenig ängstlich.

„Sollen wir etwas mitnehmen?", fragte Emma.

„Vielleicht ein paar Münzen als Erinnerung", schlug Tim vor.

Nachdem sie einige Münzen genommen hatten, überkam sie ein unbehagliches Gefühl.

„Hört ihr das?", flüsterte Lisa. „Es klingt, als ob etwas in der Höhle ist."

Eilig verließen sie die Höhle und kehrten zu ihrer Yacht zurück. Das Abenteuer auf Gough Island nahm eine unheimliche Wendung.

1. Ängstlich: fearful
2. Bedeckt: covered
3. Benutzten: used
4. Entdecken: discover
5. Erinnerung: memory
6. Feucht: humid
7. Höhle: cave
8. Inneren: interior
9. Interessant: interesting

10. Knochen: bones
11. Neugier: curiosity
12. Öffnung: opening
13. Skelette: skeletons
14. Spinnweben: cobwebs
15. Staub: dust
16. Taschenlampen: flashlights, torches
17. Truhe: chest
18. Überreste: remains
19. Unbehagliches: uneasy
20. Unglaublich: incredible

3. Unheimliche Ereignisse

Zurück auf der Yacht begannen seltsame Dinge zu passieren.

„Was ist mit dem Funkgerät los? Es funktioniert nicht mehr“, sagte Tim besorgt.

„Ich glaube, unsere Ausrüstung versagt. Und das Wetter wird auch schlimmer“, fügte Emma hinzu.

Jack, einer der Freunde, behauptete: „Ich höre nachts seltsame Flüsterstimmen. Es ist gruselig!“

Lucy, eine andere Freundin, sagte: „Ich habe das Gefühl, dass uns jemand beobachtet. Das macht mir Angst.“

Während sie versuchten, das Boot zu reparieren, wurden sie von der rauen Wetterlage auf der Insel festgehalten.

„Wir sind wie gefangen. Was machen wir jetzt?“, fragte Lisa nervös.

„Die Lebensmittel gehen zur Neige, und dieser Streit über den Schatz macht alles schlimmer“, sagte Tim.

Die Freunde gerieten in Streit darüber, ob sie die Münzen mitnehmen sollten oder nicht.

„Es war vielleicht ein Fehler, den Schatz anzurühren“, sagte Chris nachdenklich.

In einer Nacht bemerkten sie schattenhafte Gestalten in der Nähe der Yacht.

„Oh nein, wer oder was ist da draußen?", flüsterte Lucy ängstlich.

Sie wagten es nicht, nach draußen zu gehen. Als sie am nächsten Morgen auf das Deck schauten, entdeckten sie mysteriöse Zeichen.

„Das sind keine normalen Zeichen. Etwas Übernatürliches passiert hier", sagte Jack mit beunruhigter Miene.

Die Unruhe und Paranoia wuchsen unter den Freunden, während sie auf der Insel gefangen waren.

1. Ausrüstung: equipment
2. Beobachtet: observed
3. Beunruhigter: troubled
4. Draußen: outside
5. Ereignisse: events
6. Festgehalten: trapped
7. Flüstern: whisper
8. Funkgerät: radio
9. Gefangen: trapped
10. Gruselig: eerie
11. Hinzu: added
12. Lebensmittel: food
13. Münzen: coins
14. Nervös: nervous
15. Paranoia: paranoia
16. Rauen: rough
17. Reparieren: repair
18. Schatz: treasure
19. Schattenhafte: shadowy
20. Seltsame: strange
21. Streit: argument
22. Unheimlich: eerie
23. Übernatürliches: supernatural
24. Wetterlage: weather condition

25. Zeichen: signs

4. Die Jagd

Am nächsten Tag entdeckten sie Fußspuren am Strand.

„Schaut euch das an! Jemand war hier", sagte Tim und zeigte auf die Spuren.

„Vielleicht gibt es Menschen auf der Insel. Wir sollten sie finden", schlug Chris vor.

Bewaffnet mit improvisierten Waffen wagten sie sich tiefer in die Insel.

„Das wird gefährlich, aber wir müssen herausfinden, wer hier ist", meinte Emma.

Sie stießen auf Zeichen von kürzlich stattgefundener menschlicher Aktivität.

„Schaut mal, eine heruntergekommene Hütte. Vielleicht finden wir dort etwas", sagte Lisa.

In der Hütte fanden sie Karten und alte Navigationswerkzeuge.

„Diese Insel wurde von Piraten benutzt! Kein Wunder, dass wir uns beobachtet fühlen", rief Tim.

Die Freunde fühlten, dass sie gejagt wurden. Ängstlich kehrten sie zur Yacht zurück, verirrten sich jedoch unterwegs.

„Es wird dunkel, und die Insel wird bedrohlicher. Hört ihr diese Schritte?", flüsterte Lucy nervös.

Panisch rannten sie in verschiedene Richtungen. In dem Chaos verschwand Jack.

„Wir müssen uns bei der Yacht wieder versammeln. Aber wo ist Jack?", rief Chris.

Die verbliebenen Freunde versammelten sich an der Yacht ohne Jack.

„Wir müssen so schnell wie möglich weg von dieser Insel", entschieden sie.

1. Bedrohlicher: more threatening
2. Bewaffnet: armed
3. Dunkel: dark
4. Entdeckten: discovered
5. Gefährlich: dangerous
6. Gejagt: hunted
7. Hört: hear
8. Heruntergekommene: run-down
9. Improvisierten: improvised
10. Karten: maps
11. Menschlicher: human
12. Navigationswerkzeuge: navigation tools
13. Panisch: panicky
14. Piraten: pirates
15. Rückkehrten: returned
16. Schritte: footsteps
17. Spuren: tracks
18. Versammelten: gathered
19. Verirrten: lost
20. Wagten: ventured
21. Waffen: weapons

5. Der Höhepunkt

Früh am Morgen bereiten sie sich vor, ohne Jack zu gehen.

„Lasst uns hier so schnell wie möglich weg", sagte Chris, als sie die Yacht vorbereiteten.

Aber der Motor der Yacht startet nicht.

„Was ist los mit diesem verdammten Motor?", fragte Tim frustriert.

Die Freunde fühlen sich vollkommen gefangen.

Lucy sieht eine schattenhafte Figur am Ufer.

„Seht ihr das? Dort ist jemand!", rief Lucy und zeigte aufgeregt auf die Gestalt.

Sie verstehen, dass ihnen die Flucht verwehrt ist.

Das Wetter wird wieder stürmisch, die Wellen werden wild.

„Vielleicht gibt es eine Erklärung in dieser Nachricht", sagte Emma, als sie ein altes Schriftstück auf der Yacht fanden.

Die Nachricht verflucht jeden, der den Schatz der Insel nimmt.

„Wir müssen die Münzen zurückgeben, vielleicht haben wir den Fluch ausgelöst", schlug Lisa vor.

In Eile kehren sie zur Höhle zurück und legen die Münzen zurück.

Als sie zur Yacht zurückkehren, finden sie Jacks Rettungsweste.

„Das ist Jacks. Oh nein, schaut, es ist zerrissen und blutverschmiert", sagte Chris mit Entsetzen.

Die Yacht beginnt Wasser zu nehmen.

Sie setzen einen Notruf ab, aber es gibt keine Antwort.

Die Yacht versinkt im tobenden Sturm.

Die Freunde werden nie wieder gesehen, verschlungen von der See und dem Fluch der Insel.

1. Entsetzen: horror
2. Fluch: curse
3. Flucht: escape
4. Flut: flood
5. Flutverschmiert: bloodstained
6. Frustriert: frustrated
7. Gestalt: figure
8. Motor: engine
9. Nachricht: message
10. Notruf: distress call
11. Rettungsweste: life vest
12. Schatz: treasure
13. Schriftstück: document
14. See: sea

15. Sturm: storm
16. Ufer: shore
17. Verdammten: damned
18. Verflucht: cursed
19. Verwehrt: denied
20. Wasser: water
21. Wellen: waves

König Arthus

1. Die Entdeckung

Im ländlichen Wales, umgeben von sanften Hügeln und alten Ruinen, machten sich zwei Freunde, Sarah und Mike, auf den Weg, ein lang gehütetes Geheimnis zu lüften. Mike, ein Geschichtsenthusiast und Hobbyarchäologe, hatte jahrelang die Legende von König Arthus erforscht. In der örtlichen Bibliothek stieß er auf eine alte Karte, die zu einem abgelegenen Ort in der walisischen Landschaft führte. Die Karte versprach die Enthüllung eines möglichen Geheimnisses – das Grab von König Arthus.

„Schau mal, Sarah, hier muss der Eingang zur Höhle sein. Die Karte hat uns genau hierher geführt", erklärte Mike aufgeregt, während sie sich einem dichten Wald näherten.

Sarah, eine lokale Historikerin, betrachtete skeptisch den vermeintlichen Eingang. „Das sieht aus wie eine gewöhnliche Höhle. Bist du sicher, dass das der richtige Ort ist?"

Mike zeigte auf keltische Symbole an der Höhlenwand und sagte: „Absolut! Diese Symbole sind ein gutes Zeichen. Sie könnten uns zu König Arthus Grab führen."

Sarah war skeptisch. „Keltische Symbole? Interessant, aber das bedeutet nicht unbedingt, dass es sich um König Arthus Grab handelt."

Mike entdeckte ein zerbrochenes Schwert in der Nähe der Höhlenwand. „Schau hier! Ein zerbrochenes Schwert. Ich bin sicher, das ist ein Teil von Excalibur."

Sarah, skeptisch wie immer, erwiderte: „Excalibur? Mike, sei realistisch. Das könnte einfach ein altes Schwert sein."

Ungeachtet von Sarahs Skepsis waren sie entschlossen, das Geheimnis zu lüften. Während sie weiter erkundeten, fühlten sie sich beobachtet, und die Atmosphäre im dichten Wald wurde zunehmend mysteriös.

1. Beobachtet: observed

2. Eingang: entrance
3. Enthüllung: revelation
4. Geheimnis: secret
5. Grab: grave
6. Historikerin: historian
7. Hobbyarchäologe: hobby archaeologist
8. Höhle: cave
9. Karte: map
10. Keltische Symbole: Celtic symbols
11. Realistisch: realistic
12. Schwert: sword
13. Skeptisch: skeptical
14. Symbole: symbols

2. Die erste Spur

Tief im Wald fanden Tom und Sarah einen verborgenen Höhleneingang. „Schau mal, Sarah, hier ist der Eingang zur Höhle!", rief Tom aufgeregt aus. Die beiden entschlossen sich, die Höhle zu erkunden. Drinnen entdeckten sie keltische Symbole und Schnitzereien an den Höhlenwänden. „Schau dir das an, Sarah! Diese Schnitzereien erzählen Szenen aus der Artussage", erklärte Tom begeistert.

Während sie weiter in die Höhle vordrangen, stießen sie auf ein zerbrochenes Schwert in der Nähe der Höhlenwand. „Ich bin überzeugt, das ist ein Stück von Excalibur, dem Schwert des Königs Arthus!", sagte Tom mit leuchtenden Augen.

Sie machten Fotos von den Schnitzereien und dem Schwert, um ihre Entdeckung festzuhalten. Mit dem Einbruch der Nacht schlugen sie in der Nähe ihr Lager auf. Doch während der Nacht hörten sie draußen merkwürdige Geräusche. Sarah wurde von Unruhe ergriffen. „Tom, ich habe ein ungutes Gefühl bei unserer Entdeckung", gestand sie.

Am nächsten Morgen fanden sie ihr Lager gestört vor. „Da war jemand oder etwas während der Nacht hier", stellte Tom fest. Entschlossen beschlossen sie, zurück ins Dorf zu gehen und sich mit weiteren Vorräten auszustatten.

Im Dorf stießen sie jedoch auf eine zögerliche Gemeinschaft. Die Dorfbewohner waren nicht bereit, über die Höhle zu sprechen. Ein alter Mann warnte sie: „Bleibt fern vom Wald. Es gibt Dinge, die besser unentdeckt bleiben sollten." Trotz der Warnung wuchs Toms Entschlossenheit, die Wahrheit ans Licht zu bringen.

1. Begeistert: excited
2. Dorfbewohner: villagers
3. Draußen: outside
4. Entdeckung: discovery
5. Entschlossenheit: determination
6. Gemeinschaft: community
7. Geräusche: sounds
8. Lager: camp
9. Leuchtenden: shining
10. Merkwürdige: strange
11. Nacht: night
12. Schnitzereien: carvings
13. Schwert: sword
14. Szenen: scenes
15. Unruhe: unease
16. Verborgenen: hidden
17. Vorräten: supplies

3. Der geheime Orden

Wieder im Wald begegnen Tom und Sarah einer in Kapuzen gehüllten Gestalt. „Verschwindet und kehrt nie wieder zurück!", warnt die Gestalt sie eindringlich. Neugierig fragt Tom: „Wer bist du, und warum sollten wir gehen?" Die Gestalt erklärt, dass sie zu einem alten Orden der Druiden gehört, der das Grab seit Jahrhunderten beschützt.

Tom versucht zu argumentieren: „Wir wollen niemandem schaden. Wir suchen nur nach Antworten." Doch bevor er mehr sagen kann, verschwindet die Gestalt mysteriös im Wald. „Das war seltsam", murmelt Sarah besorgt.

Entschlossen beschließen Tom und Sarah, ihre Untersuchungen fortzusetzen. In ihrem kleinen Lager vertiefen sie sich in die Recherche über die Druiden und ihre Verbindung zu König Artus. „Hier steht, dass die Druiden Hüter uralter Geheimnisse sind", teilt Tom aufgeregt mit.

Tom wird von einer Obsession ergriffen, das Grab zu finden. „Ich kann einfach nicht aufhören, darüber nachzudenken", gesteht er. Sarah, besorgt um die möglichen Konsequenzen, mahnt zur Vorsicht.

Die beiden bereiten sich darauf vor, die Höhle weiter zu erkunden. „Schau mal, hier sind mehr Symbole. Sie weisen auf eine verborgene Kammer hin", zeigt Tom und weist auf die Höhlenwand. Sie entdecken eine Kammer, die mit einer schweren Steintür versiegelt ist. Mit vereinten Kräften gelingt es Tom und Sarah, die Tür zu öffnen. Drinnen finden sie eine Grabstätte.

1. Aufgeregt: excited
2. Beschützt: protected
3. Besorgt: concerned
4. Eindringlich: emphatic
5. Ergriffen: seized
6. Grabstätte: burial site
7. Hüter: guardians
8. Kapuzen: hooded
9. Konsequenzen: consequences
10. Obsession: obsession
11. Recherche: research
12. Seltsam: strange
13. Symbole: symbols
14. Verbindung: connection
15. Verborgene: hidden
16. Vereinten: united
17. Verschwunden: disappeared
18. Versiegelt: sealed
19. Vorsicht: caution

4. Die verborgene Kammer

Die Kammer ist dunkel und gefüllt mit alten Artefakten. Tom und Sarah erkunden aufgeregt jeden Winkel. „Schau dir diese Inschriften an", flüstert Tom. „Ich bin sicher, das ist der letzte Ruheplatz von König Artus."

Sie machen Fotos von den Artefakten, um ihre Entdeckungen zu dokumentieren. Sarah macht sich Sorgen, dass das Öffnen des Sarkophags das Grab stören könnte. „Vielleicht sollten wir vorsichtig sein", schlägt sie vor.

Tom ist jedoch entschlossen und sagt: „Wir müssen wissen, was drin ist." Er öffnet den Sarkophag, und sie entdecken nur Staub und Knochen. Plötzlich hören sie Geräusche von draußen. „Jemand kommt", flüstert Sarah.

Die beiden verstecken sich, als Druiden in die Kammer eintreten. Die Druiden beginnen eine Zeremonie um den Sarkophag herum. Tom und Sarah erkennen die Bedeutung ihrer Entdeckung. „Das ist ernster, als ich dachte", sagt Tom leise.

Sie schleichen sich unbemerkt aus der Kammer und debattieren draußen, was sie mit ihren Entdeckungen tun sollen. Tom möchte die Information öffentlich machen, aber Sarah mahnt zur Vorsicht. „Wir sollten darüber nachdenken. Vielleicht ist es klüger, es nicht sofort zu teilen", schlägt sie vor.

1. Artefakten: artifacts
2. Bedeutung: meaning
3. Debattieren: debate
4. Dokumentieren: document
5. Druiden: druids
6. Entdeckungen: discoveries
7. Entschlossen: determined
8. Flüstert: whispers
9. Gefüllt: filled
10. Geräusche: sounds
11. Knochen: bones
12. Mahnt: cautions

13. Öffnen: open
14. Ruheplatz: resting place
15. Sarkophag: sarcophagus
16. Teilen: share
17. Unbemerkt: unnoticed
18. Verstecken: hide
19. Vorsichtig: cautious
20. Winkel: corners
21. Zeremonie: ceremony

5. Die Warnung

Im Dorf ist die Stimmung angespannt. Tom und Sarah haben das Gefühl, dass ihnen jemand folgt. „Hast du das auch bemerkt?" fragt Tom nervös. Sarah nickt und sagt: „Etwas stimmt hier nicht."

Plötzlich erhalten sie einen anonymen Brief. „Hört auf, das Grab zu stören, sonst wird ein Fluch über euch kommen", liest Tom laut vor. Sarah schaut besorgt aus. „Wir sollten vielleicht aufhören", sagt sie.

Tom jedoch lässt sich nicht abschrecken. „Das ist unsere Chance auf Ruhm!", sagt er begeistert. Sarah ist besorgt um ihre Sicherheit. „Tom, ich denke, wir sollten vorsichtig sein. Die Druiden sind ernsthaft besorgt."

Während sie durch das Dorf gehen, bemerken sie verdächtige Gestalten, die sie beobachten. Als sie zu ihrem Zimmer zurückkehren, finden sie es durchsucht. „Unsere Unterlagen sind weg", ruft Tom entsetzt aus. „Die Druiden wollen nicht, dass wir etwas enthüllen", sagt Sarah.

Sie geraten in einen Streit über die Gefahr, der sie ausgesetzt sind. „Ich kann nicht einfach aufgeben", sagt Tom trotzig. „Wir müssen unsere Entdeckungen teilen." Sarah will gehen, um sich zu schützen, aber Tom weigert sich. „Ich werde nicht aufhören!", erklärt er.

Schließlich entscheidet sich Tom, mit einem Journalisten zu sprechen und ihre Ergebnisse preiszugeben. Sarah stimmt widerwillig zu, ihn zu begleiten. Auf dem Weg zu dem Treffen fühlen sie eine düstere Vorahnung. „Etwas stimmt nicht", flüstert Sarah ängstlich. Plötzlich werden sie von vermummten Gestalten überfallen.

1. Abschrecken: deter
2. Angespannt: tense
3. Anonymen: anonymous
4. Begeistert: excited
5. Bemerkten: notice
6. Besorgt: concerned
7. Besucht: visit
8. Durchsucht: searched
9. Enthüllen: reveal
10. Entsetzt: horrified
11. Ernsthaft: seriously
12. Fluch: curse
13. Folgt: follow
14. Gestalten: figures
15. Mitnehmen: take
16. Preiszugeben: disclose
17. Ruhm: fame
18. Sicherheit: safety
19. Sprechen: speak
20. Vorahnung: premonition
21. Warnung: warning

6. Der Überfall

Tom und Sarah werden von den Druiden gefangen genommen. Die Druiden führen sie zu einem versteckten Ort tief im Wald. „Warum habt ihr das heilige Grab geschändet?" fragt der Druide mit ernster Miene.

Tom versucht, ihre Absichten zu erklären. „Wir wollten nur die Wahrheit enthüllen", sagt er. Der Anführer der Druiden unterbricht ihn. „Die Wahrheit der Legende ist zu gefährlich", erklärt er. „Das Enthüllen des Grabes würde einen Fluch entfesseln."

Tom begreift die Schwere ihrer Taten. Sarah fleht um Gnade. „Bitte, lassen Sie uns frei! Wir werden niemandem von dem erzählen, was wir gefunden haben", verspricht sie.

Die Druiden stimmen zu, sie freizulassen, unter einer Bedingung. „Ihr müsst schwören, niemals zu enthüllen, was ihr gefunden habt", sagt der Druide. Tom und Sarah stimmen, obwohl sie sich geschlagen fühlen.

Mit verbundenen Augen werden sie zurück ins Dorf gebracht. Die Erfahrung hinterlässt sie erschüttert und ängstlich. „Wir müssen unser Geheimnis bewahren", sagt Tom entschieden. „Diese Nacht werden wir Wales verlassen und nie zurückkehren."

1. ängstlich: Anxious
2. Bedingung: Condition
3. bewahren: Preserve
4. Erfahrung: Experience
5. erschüttert: Shaken
6. Fluch: Curse
7. Grab: Grave
8. Miene: Expression
9. schwören: Swear
10. zurückkehren: Return

7. Der Höhepunkt

Tom und Sarah packen schweigend ihre Sachen. Sie sind bereit, bei Tagesanbruch zu gehen. Während der Nacht hat Tom Zweifel. „Ich denke, ich sollte die Beweise nehmen und an die Öffentlichkeit gehen", sagt er.

Sarah versucht, ihn aufzuhalten. „Das ist gefährlich. Du könntest den Fluch der Druiden auf uns ziehen", warnt sie.

Tom ist entschlossen. „Nein, ich muss die Wahrheit enthüllen. Die Welt muss wissen, was wir gefunden haben", erklärt er und verlässt das Zimmer.

Sarah bleibt allein zurück und sorgt sich um Toms Schicksal. „Hoffentlich bringt er sich nicht in Gefahr", denkt sie besorgt.

Tom trifft sich mit dem Journalisten und teilt seine Geschichte. Die Geschichte wird veröffentlicht und löst eine Sensation aus. Tom fühlt sich siegreich, aber auch unruhig.

Um ihn herum beginnen seltsame Unfälle zu passieren. Sarah erfährt von den Vorfällen und fürchtet das Schlimmste. Sie versucht, Tom zu kontaktieren, aber er ist nicht erreichbar.

Am nächsten Tag wird Tom unter mysteriösen Umständen tot aufgefunden. Die Legende von König Artus bleibt in Geheimnissen gehüllt, während die heimlichen Beschützer wachsam bleiben.

1. beschützen: protect
2. enthüllen: reveal
3. erreichbar: reachable
4. Fluch: curse
5. gefährlich: dangerous
6. schweigend: silently
7. Sensation: sensation
8. tot: dead
9. Unfall: accident
10. veröffentlichen: publish
11. Zweifel: doubts

Ein Fuß im Grab

1. Der falsche Aktenkoffer

Die Szene spielt sich im geschäftigen London zur Rushhour ab.

Mr. Lawrence, ein Geschäftsmann in seinen späten Vierzigern, beendet seine Arbeit im Büro in der Londoner Innenstadt.

Er trägt einen Aktenkoffer mit wichtigen Dokumenten und macht sich auf den Weg zur U-Bahn-Station, um nach Hause zu fahren.

Die U-Bahn ist überfüllt mit Berufspendlern.

Mr. Lawrence findet einen Sitzplatz und stellt seinen Aktenkoffer ab.

Er steigt an seiner Haltestelle aus und schnappt sich unbeabsichtigt einen ähnlichen Aktenkoffer.

Zuhause angekommen, bemerkt er, dass er den falschen Aktenkoffer hat.

Er öffnet ihn und entdeckt Papiere in einer seltsamen Sprache.

Die Papiere sehen offiziell aus, sind ihm jedoch unverständlich.

Mr. Lawrence beschließt, den Besitzer am nächsten Tag zu finden.

In dieser Nacht fühlt er sich unbehaglich wegen des Missverständnisses.

Er hört Geräusche vor seinem Haus.

Besorgt überprüft er es, aber es ist nichts zu sehen.

1. Aktenkoffer: briefcase
2. Berufspendler: commuter
3. Besitzer: owner
4. Büro: office
5. Geschäftsmann: businessman
6. Haltestelle: station
7. Missverständnis: misunderstanding

8. Papiere: papers
9. Rushhour: rush hour
10. U-Bahn: subway, underground

2. Die geheimnisvollen Papiere

Am nächsten Morgen untersucht Herr Lawrence die Papiere genau.

Sie scheinen Diagramme und unbekannte Symbole zu enthalten.

Er versucht, Hinweise über den Besitzer der Aktentasche zu finden.

Es gibt keine Identifikation, nur die geheimnisvollen Papiere.

Herr Lawrence beschließt, die Aktentasche zur Polizei zu bringen.

Auf dem Weg dorthin hat er das Gefühl, dass ihm jemand folgt.

Er bemerkt einen schattenhaften Figur, die ihm folgt.

In der Polizeistation sind die Beamten von den Papieren verwirrt.

Sie stimmen zu, die Angelegenheit zu untersuchen.

Herr Lawrence verlässt die Station und fühlt sich etwas erleichtert.

Er bekommt einen bedrohlichen Anruf, der ihm sagt, die Aktentasche zurückzubringen.

Ängstlich erklärt er, dass sie bei der Polizei ist.

Der Anrufer warnt ihn vor schlimmen Konsequenzen.

Herr Lawrence eilt besorgt nach Hause.

Zu Hause findet er seine Tür unverschlossen.

1. Aktentasche: briefcase
2. Anrufer: caller
3. Bedrohlich: threatening

4. Diagramme: diagrams
5. Erleichtert: relieved
6. Figur: figure
7. Folgen: to follow
8. Hinweise: clues
9. Identifikation: identification
10. Konsequenzen: consequences
11. Polizei: police
12. Schattenhaft: shadowy
13. Symbole: symbols
14. Unbekannt: unknown
15. Untersuchen: to investigate
16. Verschlossen: locked
17. Verwirrt: confused

3. Die Verfolgung

Herr Lawrence betritt sein Zuhause vorsichtig.

Er stellt fest, dass Dinge leicht verschoben oder gestört sind.

Er versteht, dass jemand sein Haus durchsucht hat.

Sich bedroht fühlend, entscheidet er sich, in einem Hotel zu bleiben.

Im Hotel versucht er, die Situation zu verstehen.

Er wundert sich über den Inhalt seiner eigenen Aktentasche.

Herr Lawrence erinnert sich an ein vertrauliches Projekt bei der Arbeit.

Er vermutet, dass die Papiere mit Spionage verbunden sein könnten.

In dieser Nacht entdeckt er die gleiche schattenhafte Figur in der Nähe des Hotels.

Er entscheidet sich, die Figur zur Rede zu stellen.

Die Figur rennt weg, und Herr Lawrence verfolgt ihn.

Die Verfolgung endet abrupt, als Herr Lawrence ihn aus den Augen verliert.

Als er zum Hotel zurückkehrt, fühlt sich Herr Lawrence überfordert.

Er überlegt, die Behörden einzuschalten.

Aber er fürchtet die Konsequenzen seines Engagements.

1. Betreten: enter
2. Bedroht: threatened
3. Behörden: authorities
4. Durchsuchen: search
5. Entdecken: discover
6. Engagements: involvement
7. Inhalt: content
8. Konsequenzen: consequences
9. Spionage: espionage
10. Verfolgen: pursue
11. Verfolgung: pursuit
12. Verschieben: move
13. Versucht: attempt
14. Vorsichtig: cautiously
15. Überfordert: overwhelmed
16. Zusammenzusetzen: piece together
17. Zuhause: home

4. Die Warnung

Am nächsten Tag erhält Herr Lawrence einen weiteren Anruf.

Der Anrufer gibt ihm einen Ort, um seine Aktentasche abzuholen.

Herr Lawrence ist zögerlich, entscheidet sich aber hinzugehen.

Er kommt an einem verlassenen Lagerhaus an.

Drinnen findet er seine Aktentasche, aber sie ist leer.

Plötzlich wird er von einem unbekannten Angreifer angegriffen.

Herr Lawrence schafft es zu entkommen, ist aber verletzt.

Er realisiert, dass die Papiere gefährlicher sind als er dachte.

Verwirrt und verängstigt sucht er einen Ort zum Verstecken.

Er erhält eine kryptische Nachricht: „Hör auf, nach Antworten zu suchen.“

Herr Lawrence fühlt sich in einem gefährlichen Spiel gefangen.

Er entscheidet sich, London zu verlassen, um der Bedrohung zu entkommen.

Seine notwendigen Dinge gepackt, plant er, nachts zu gehen.

Mit dem Einbruch der Nacht spürt er die bevorstehende Gefahr.

Als er sein Haus verlässt, hat er das Gefühl, dass ihn jemand beobachtet.

1. Abholen: pick up
2. Angreifer: attacker
3. Bedrohung: threat
4. Beobachten: observe
5. Einbruch: break-in
6. Gefahr: danger
7. Gefährliches: dangerous
8. Gepackt: packed
9. Hör auf: stop
10. Kryptische: cryptic
11. Lage: location
12. Lagerhaus: warehouse
13. Nachricht: message
14. Notwendigen: necessary
15. Ort: place
16. Realisieren: realize
17. Verängstigt: frightened
18. Verlassen: leave
19. Verletzt: injured

5. Der Höhepunkt

Herr Lawrence nimmt ein Taxi zum Bahnhof.

Er spürt ständig die Anwesenheit von jemandem, der ihm folgt.

Am Bahnhof steigt er in einen Zug aufs Land.

Er findet ein leeres Abteil und setzt sich erschöpft hin.

Die Zugfahrt ist zuerst ruhig und ereignislos.

Plötzlich hält der Zug unerwartet an.

Herr Lawrence sieht die schattenhafte Figur draußen.

Die Figur steigt in den Zug und durchsucht jedes Abteil.

Herr Lawrence versteckt sich unter dem Sitz und hält den Atem an.

Die Figur findet ihn und stellt ihn zur Rede.

Ein Kampf entsteht im Abteil.

Herr Lawrence versucht sich zu verteidigen.

Der Kampf endet damit, dass Herr Lawrence schwer verletzt wird.

Die Figur holt etwas aus Herr Lawrence Mantel.

Herr Lawrences letzte Gedanken sind voller Bedauern, während der Zug in die Nacht fährt.

1. Anwesenheit: presence
2. Bahnhof: train station
3. Bedauern: regret
4. Draußen: outside
5. Durchsuchen: search
6. Erschöpft: exhausted
7. Ereignislos: uneventful
8. Figur: figure
9. Folgen: follow
10. Hält den Atem an: hold one's breath

11. Kampf: fight
12. Mantel: coat
13. Schwer verletzt: seriously injured
14. Ständig: constantly
15. Steigen: get on
16. Stopp: stop
17. Unerwartet: unexpected
18. Verstecken: hide
19. Zug: train
20. Zugfahrt: train ride

Die Mary Celeste

1. Die geheimnisvolle Reise

Einstellung: 1872, an Bord der Mary Celeste, einer Handelsbrigantine. Das Schiff setzt seine Segel von New York nach Genua, Italien. Kapitän Benjamin Briggs führt das Kommando, ein erfahrener und geachteter Seemann. Die Besatzung ist klein, aber erfahren, einschließlich Briggs' Frau und Tochter. Die Ladung besteht hauptsächlich aus Industriealkohol. Das Wetter ist günstig, als sie ihre Reise beginnen. Das Leben an Bord ist routinemäßig, mit täglichen Aufgaben und Navigationskontrollen. Die Besatzung ist eng verbunden, sie teilen Geschichten und Mahlzeiten miteinander. Kapitän Briggs führt ein detailliertes Logbuch über die Reise. Eines Nachts bemerkt die Besatzung seltsame Lichter am Horizont. Sie spekulieren über andere Schiffe oder natürliche Phänomene. Am nächsten Tag gerät das Schiff in raue See. Die Besatzung arbeitet unermüdlich, um das Schiff auf Kurs zu halten. Nach dem Sturm setzt sich dichter Nebel, die Sicht wird eingeschränkt. Die Besatzung wirkt beunruhigt, sie spürt, dass etwas nicht stimmt.

Kapitän Briggs: „Guten Abend, mein Freund. Wie geht es dir nach diesem Sturm?"

Besatzungsmitglied: „Oh, Kapitän Briggs! Mir geht es gut, aber der Sturm war wirklich heftig. Wir haben hart gearbeitet, um das Schiff zu stabilisieren."

Kapitän Briggs: „Ja, das habt ihr großartig gemacht. Die Mary Celeste hat schon so manchen Sturm überstanden. Sag, habt ihr gestern Nacht die seltsamen Lichter gesehen?"

Besatzungsmitglied: „Ja, Kapitän. Wir haben uns gefragt, was das war. Vielleicht ein anderes Schiff in der Nähe?"

Kapitän Briggs: „Möglich. Wir sollten weiterhin wachsam sein. Die See kann manchmal geheimnisvolle Dinge zeigen. Jetzt ruht euch aus, wir haben noch einen langen Weg vor uns."

Besatzungsmitglied: „Jawohl, Kapitän. Gute Nacht!"

Kapitän Briggs: „Gute Nacht und ruhigen Schlaf."

1. Anstrengend: Exhausting
2. Behaglich: Cozy
3. Dämmerung: Twilight
4. Eifersüchtig: Jealous
5. Fernweh: Longing for distant places
6. Gedankenvoll: Thoughtful
7. Halsstarrig: Stubborn
8. Ironisch: Ironic
9. Jahrmarkt: Fair
10. Kichern: Giggle
11. Lärmend: Noisy
12. Murmeln: Murmur
13. Nachdenklich: Reflective
14. Ordnung: Order
15. Pfütze: Puddle
16. Quirlig: Lively
17. Rascheln: Rustle
18. Schmunzeln: Smirk
19. Tuscheln: Whisper
20. Unbehagen: Discomfort
21. Verwirrend: Confusing
22. Wagemutig: Daring
23. X-beliebig: Random (a rare usage of 'X')
24. Zwielichtig: Shady

2. Das Verschwinden

Die Mary Celeste setzt ihre Reise durch den anhaltenden Nebel fort. Die Besatzung wird zunehmend unruhig. Kapitän Briggs hält einen strikten Wachplan ein. Die Lebensmittel- und Wasservorräte werden überprüft und als ausreichend befunden.

Eines Morgens, während alle sich am Deck versammeln, spricht der Erste Maat aufgeregt: „Kapitän, ein Rettungsboot fehlt! Ich kann es nirgends finden!"

Kapitän Briggs schaut besorgt: „Wie kann das sein? Gibt es Anzeichen von Kampf oder Notfall?"

Der Erste Maat antwortet: „Nein, Kapitän. Es ist einfach verschwunden. Keine Spur von einem Kampf, und die Besatzung ist vollzählig."

Die Besatzung beginnt, das Schiff zu durchsuchen, aber keiner kann Hinweise auf ein vermisstes Besatzungsmitglied finden. Die Logbucheinträge setzen sich wie gewohnt fort, aber Kapitän Briggs schreibt über das Rätsel des fehlenden Rettungsboots.

Später, in der Nacht, hören sie ungewöhnliche Geräusche aus dem Frachtraum. Ein besorgtes Besatzungsmitglied sagt: „Habt ihr das gehört? Was könnte das sein?"

Eine Untersuchung des Frachtraums ergibt nichts Auffälliges. Die Besatzung wird zunehmend paranoid und beginnt, sich gegenseitig zu verdächtigen. Kapitän Briggs versucht, die Moral hoch zu halten: „Leute, wir müssen ruhig bleiben und zusammenhalten. Wir werden dieses Rätsel lösen. Setzen wir unsere Reise fort."

Das Schiff segelt weiter, aber die Stimmung an Bord ist gedrückt und angespannt.

1. Abenddämmerung: Dusk
2. Befremdlich: Strange
3. Dröhnend: Booming
4. Ereignisreich: Eventful

5. Frostig: Frosty
6. Geräuschvoll: Noisy
7. Hinweis: Clue
8. Irreführend: Misleading
9. Jäh: Sudden
10. Kauzig: Quirky
11. Labyrinthisch: Labyrinthine
12. Mystisch: Mystical
13. Neblig: Foggy
14. Ohrenbetäubend: Deafening
15. Pompös: Pompous
16. Quälend: Tormenting
17. Rätselhaft: Mysterious
18. Schwermütig: Melancholic
19. Tückisch: Treacherous
20. Unergründlich: Unfathomable
21. Verworren: Confused
22. Widerhall: Echo
23. Zerklüftet: Rugged

3. Der Wendepunkt

Die Sonne bricht durch den Nebel, und der Himmel wird klar, aber die Erleichterung der Besatzung währt nicht lange. Die Crew beginnt Schlafstörungen zu erleben. Kapitän Briggs bemerkt eine Veränderung im Verhalten der Crew. Streitereien brechen über belanglose Dinge aus. Die Besatzung wird zunehmend zurückgezogen und schweigsam.

Kapitän Briggs' Frau äußert Besorgnis: „Benjamin, ich mache mir Sorgen um die Sicherheit unserer Familie."

Ein Besatzungsmitglied verschwindet während seiner Wache. Eine gründliche Suche auf dem Schiff ergibt keine Hinweise. Die Angst und der Verdacht eskalieren unter der Besatzung. Kapitän Briggs verschärft die Sicherheits- und Wachroutinen.

In einer weiteren Nacht hören sie merkwürdige Klopfgeräusche. Die Besatzung kann die Quelle der Geräusche nicht lokalisieren. Die Moral verschlechtert sich rapide. Kapitän Briggs vermerkt in seinem Logbuch ein Gefühl von drohendem Unheil. Das Schiff scheint von einer unsichtbaren Kraft ergriffen zu sein.

Die Besatzung beginnt, miteinander zu sprechen:

Matrose 1: „Hast du dieses Klopfen gehört? Es ist unheimlich!"

Matrose 2: „Ja, ich kann nicht schlafen. Etwas stimmt hier nicht."

Kapitän Briggs: „Bleibt ruhig, meine Freunde. Wir müssen zusammenhalten. Vielleicht ist es nur der Klang der See."

Matrose 3: „Nein, es ist anders. Es fühlt sich an, als ob das Schiff von Geistern heimgesucht wird."

Kapitän Briggs: „Lasst uns wachsam bleiben und uns gegenseitig unterstützen. Wir werden das durchstehen."

1. Aufregung: Excitement
2. Beschwichtigen: Pacify
3. Einschüchtern: Intimidate
4. Flüstern: Whisper
5. Geheimnisvoll: Mysterious
6. Heimsuchen: Haunt
7. Instinktiv: Instinctive
8. Klaustrophobisch: Claustrophobic
9. Lauernd: Lurking
10. Missverständnis: Misunderstanding
11. Nachdenklich: Thoughtful
12. Ominös: Ominous
13. Paranormal: Paranormal
14. Quälerei: Torment
15. Ratlos: Baffled
16. Schweigsam: Silent
17. Täuschung: Deception
18. Unerklärlich: Unexplainable
19. Verdächtig: Suspicious
20. Wachsam: Vigilant
21. Zerbrechlich: Fragile

4. Der letzte Logbucheintrag

Das Schiff ist jetzt unheimlich still, die Besatzung spricht kaum. Kapitän Briggs macht den letzten Logbucheintrag und notiert ihre Position. Der Eintrag ist gewöhnlich, ohne Erwähnung der Probleme an Bord.

In dieser Nacht hat die Besatzung ein angespanntes Abendessen, flüstert miteinander. Nach dem Abendessen verteilt sich die Besatzung schnell.

Am nächsten Morgen wird Kapitän Briggs nicht in seiner Kabine gefunden. Die Besatzung durchsucht das Schiff, findet jedoch niemanden an Bord. Es gibt keine Anzeichen eines Kampfes oder Notfalls. Die Schiffschronometer und der Sextant fehlen. Das Geschirr vom letzten Essen steht da, als ob die Besatzung mitten in der Mahlzeit verschwunden wäre.

Die Fracht mit Industriealkohol ist intakt und unberührt. Das Schiff ist seetüchtig, ohne Schäden. Das verbleibende Rettungsboot ist noch gesichert, und keine Schwimmwesten fehlen. Die persönlichen Gegenstände der Besatzung sind zurückgelassen.

Die Mary Celeste segelt weiter, ein Geisterschiff ohne Besatzung. Die verbleibende Crew ist verschwunden.

Besatzungsmitglied 1: „Wo sind sie alle hin? Das ergibt keinen Sinn!"

Besatzungsmitglied 2: „Und warum fehlen die Navigationsinstrumente?"

Besatzungsmitglied 3: „Es ist, als ob sie in Luft aufgelöst wären. Ich habe Angst."

Die Crew steht sprachlos da und starrt auf das leere Schiff, das weiter durch das Meer treibt.

1. Anspannung: Tension
2. Chronometer: Chronometer

3. Desorientiert: Disoriented
4. Entsetzen: Horror
5. Flüchtig: Fleeting
6. Geheimnisvolles Verschwinden: Mysterious disappearance
7. Heimtückisch: Treacherous
8. Intakt: Intact
9. Kabine: Cabin
10. Logbucheintrag: Logbook entry
11. Mahlzeit: Meal
12. Navigationsinstrumente: Navigation instruments
13. Ortungsgerät: Locator device
14. Phantomhaft: Ghostly
15. Rätselhaft: Puzzling
16. Schiffschronometer: Ship's chronometer
17. Treibend: Drifting
18. Unerklärlich: Unexplainable
19. Verlassen: Abandoned
20. Widerhallen: Echo
21. Zurückgelassen: Left behind

5. Die Entdeckung

Wochen später wird die Mary Celeste herrenlos treibend gefunden. Ein vorbeifahrendes Schiff, die Dei Gratia, entdeckt sie und untersucht. Sie finden die Mary Celeste in gutem Zustand, aber verlassen. Die Besatzung der Dei Gratia geht an Bord des Schiffes und ruft nach Überlebenden. Sie finden das Logbuch und den letzten Eintrag von Kapitän Briggs. Die Seekarten und Navigationsausrüstung des Schiffes sind intakt. Die Besatzung der Dei Gratia kann das Verschwinden nicht erklären. Sie segeln die Mary Celeste nach Gibraltar für eine Untersuchung. Die Behörden sind verwirrt über den Zustand des Schiffes und das Logbuch. Gerüchte und Theorien kursieren, von Piraterie über Meuterei bis zu übernatürlichen Kräften. Keine passt zu den auf dem Schiff gefundenen Beweisen.

Besatzungsmitglied der Dei Gratia 1: „Schau mal, da treibt ein verlassenes Schiff!"

Besatzungsmitglied der Dei Gratia 2: „Wir sollten nach Überlebenden suchen. Wer weiß, was passiert ist."

Besatzungsmitglied der Dei Gratia 3: „Das Logbuch könnte uns Hinweise geben. Lasst uns sehen, was drin steht."

Die Besatzung der Dei Gratia betritt die Mary Celeste und durchsucht das verlassene Schiff. Sie sind ratlos angesichts der leeren Decks und der unberührten Fracht.

1. Ausrüstung: Equipment
2. Behörden: Authorities
3. Decks: Decks
4. Entdeckung: Discovery
5. Fracht: Cargo
6. Gerüchte: Rumors
7. Herrenlos: Abandoned
8. Intakt: Intact
9. Kursieren: Circulate
10. Logbuch: Logbook
11. Meuterei: Mutiny
12. Navigationsausrüstung: Navigational equipment
13. Piraterie: Piracy
14. Ratlos: Baffled
15. Seekarten: Sea charts
16. Theorien: Theories
17. Überlebenden: Survivors
18. Untersuchung: Investigation
19. Verlassen: Deserted
20. Wochen: Weeks
21. Zustand: Condition

6. Gibraltar

In Gibraltar führen die Behörden eine gründliche Untersuchung durch.

Ermittler 1: „Wir müssen jedes Detail der Mary Celeste überprüfen, um Hinweise zu finden."

Ermittler 2: „Es gibt keine Anzeichen von Gewalt oder Piraterie auf dem Schiff."

Ermittler 3: „Die Fracht aus Industriealkohol ist unberührt. Ein Diebstahl ist ausgeschlossen."

Ermittler 4: „Die persönlichen Sachen der Besatzung sind noch in ihren Quartieren."

Ermittler 1: „Die Lebensmittel- und Wasservorräte sind reichlich vorhanden, es gibt keine Anzeichen von Mangel."

Die Behörden befragen die Besatzung der Dei Gratia.

Behörden 1: „Könnt ihr bestätigen, dass die Mary Celeste so gefunden wurde, wie ihr es beschrieben habt?"

Besatzungsmitglied der Dei Gratia 1: „Ja, genau so. Kein Zeichen von Leben an Bord."

Behörden 2: „Dieses Rätsel zieht viel Aufmerksamkeit und Spekulationen auf sich."

Zeitungsjournalist: „Die Mary Celeste wird zum Rätsel der Meere. Piraten? Geister? Was könnte passiert sein?"

Behörden 3: „Captain Briggs' Ruf als erfahrener Seemann verstärkt das Mysterium."

Die Untersuchung endet ohne Erklärung für das Verschwinden.

Behörden 1: „Die Mary Celeste wird zu einem der anhaltendsten Mysterien der See."

1. Anhaltend: Persistent
2. Befragen: Interrogate
3. Ermittler: Investigator

4. Fracht: Cargo
5. Gewalt: Violence
6. Hinweise: Clues
7. Industriealkohol: Industrial alcohol
8. Journalist: Journalist
9. Lebensmittel: Food supplies
10. Mangel: Shortage
11. Mysterium: Mystery
12. Notruf: Distress call
13. Persönliche Sachen: Personal belongings
14. Quartiere: Quarters
15. Reichlich: Plentiful
16. Spekulationen: Speculations
17. Überprüfen: Review
18. Unberührt: Untouched
19. Verschwinden: Disappearance
20. Wasservorräte: Water supplies
21. Zeitungsjournalist: Newspaper journalist

Die 39 Stufen

1. Die Unerwartete Begegnung

Die Szene spielt in London, in der heutigen Zeit, im geschäftigen Stadtzentrum.

David Thompson, ein freiberuflicher Journalist, ist auf einer Tech-Konferenz in London.

David: „Das ist also die neueste Technologie. Interessant."

Er stößt versehentlich mit einer geheimnisvollen Frau namens Li Mei zusammen.

Li Mei: „Entschuldigung, aber Sie müssen mir helfen. Es geht um Spionage."

Sie wirkt nervös und schaut häufig über die Schulter.

Li Mei drückt David einen USB-Stick in die Hand und betont, wie wichtig er ist.

Li Mei: „Es geht um die '39 Stufen'. Seien Sie vorsichtig!"

Dann verschwindet sie in der Menschenmenge.

David ist von der Begegnung verwirrt.

David: „Was zum Teufel sind die '39 Stufen'?"

Er kehrt in seine Wohnung zurück, um den USB-Stick zu untersuchen.

Der Stick enthält verschlüsselte Dateien und eine merkwürdige digitale Karte.

David beschließt, den Inhalt des Sticks zu untersuchen.

In dieser Nacht bemerkt er, dass jemand seine Wohnung beobachtet.

David erhält eine kryptische E-Mail, die ihn warnt, seine Nachforschungen zu stoppen.

David versteht, dass er auf etwas Wichtiges gestoßen ist.

1. Begegnung: Encounter
2. Digitale Karte: Digital map
3. Freiberuflich: Freelance
4. Geheimnisvoll: Mysterious
5. Geschäftig: Bustling
6. Kryptisch: Cryptic
7. Menschenmenge: Crowd
8. Merkwürdig: Strange
9. Nachforschungen: Investigations
10. Nervös: Nervous
11. Schritte: Steps
12. Spionage: Espionage
13. Stadtzentrum: City center
14. Stick: USB stick
15. Teufel: Devil
16. Unerwartet: Unexpected
17. USB-Stick: USB stick
18. Verschlüsselt: Encrypted
19. Wohnung: Apartment, flat

2. Die Verfolgung beginnt

David wacht auf und stellt fest, dass seine Wohnung durchsucht wurde.

David: „Was zum Teufel ist hier passiert? Alles sieht normal aus."

Auf seinem Schreibtisch fällt ihm der USB-Stick auf, der auffällig platziert wurde.

David: „Das ist merkwürdig. Vielleicht eine Warnung?"

Er fühlt, dass er gewarnt wird, beschließt aber, tiefer zu graben.

Die digitale Karte zeigt auf verschiedene Orte in London.

David: „Ich muss diese Orte besuchen und nach Hinweisen suchen."

An jedem Ort entdeckt er ein kleines Symbol: eine Stufe.

David wird von unbekannten Personen verfolgt.

David: „Warum folgen sie mir? Das wird unheimlich.“

Auf einem Markt entkommt er knapp einem Entführungsversuch.

David: „Das wird zu gefährlich. Ich brauche Hilfe.“

Ängstlich kontaktiert er einen Freund bei der Polizei, Officer Chen.

David: „Officer Chen, ich stecke in Schwierigkeiten. Ich werde verfolgt.“

Officer Chen ist skeptisch, aber er stimmt zu, diskret zu helfen.

David erhält einen anonymen Tipp über ein Treffen in Chinatown.

David: „Officer Chen, wir müssen dieses Treffen überwachen.“

Sie belauschen eine Unterhaltung über eine große Spionageoperation.

Die Operation ist mit einem High-Tech-Unternehmen verbunden.

David und Chen realisieren, dass die '39 Stufen' auf eine Abfolge von Spionageaktivitäten hinweisen.

1. Abfolge: Sequence
2. Anonym: Anonymous
3. Besuchen: Visit
4. Durchsucht: Searched
5. Entführungsversuch: Kidnapping attempt
6. Gewarnt: Warned
7. Hinweisen: Clues
8. Knapp: Barely
9. Markt: Market
10. Operation: Operation
11. Schreibtisch: Desk
12. Skeptisch: Skeptical

13. Spionageaktivitäten: Espionage activities
14. Symbol: Symbol
15. Treffen: Meeting
16. Überwachen: Monitor
17. Unbekannte Personen: Unknown persons
18. Unterhaltung: Conversation
19. Verfolgt: Followed
20. Warnung: Warning

3. Das Geheimnis entwirren

David und Chen tauchen in die Hintergründe des High-Tech-Unternehmens ein.

David: „Chen, wir müssen herausfinden, was dieses Unternehmen wirklich macht."

Sie entdecken, dass es eine Tarnung für chinesische Geheimdienste ist.

David: „Die '39 Stufen' sind Teil eines Plans, fortgeschrittene Technologie zu stehlen."

Davids Erfahrung im Journalismus hilft bei der Beweissammlung.

Chen: „Wie können wir herausfinden, wer dahinter steckt?"

Sie spüren Li Mei auf, die sich versteckt.

David: „Li Mei, warum hilfst du uns? Wer steckt hinter all dem?"

Li Mei enthüllt, dass sie eine Whistleblowerin aus dem Unternehmen ist.

Li Mei: „Ich habe den Spionageplan entdeckt und wollte ihn aufdecken."

Sie gibt ihnen mehr verschlüsselte Daten.

David und Chen entschlüsseln die Daten und enthüllen den vollen Umfang des Plans.

David: „Die letzten Schritte sind kurz davor. Das Ziel ist eine streng geheime Forschungseinrichtung in London.“

Chen: „Wir müssen den letzten Schritt vereiteln.“

Sie werden von Spionen verfolgt, die sie aufhalten wollen.

David: „Schnell, Chen, wir müssen ihnen entkommen!“

Das Duo entkommt knapp mehreren Fallen und Hinterhalten.

David: „Wir müssen uns auf das Treffen mit den Spionen vorbereiten.“

1. Beweissammlung: Evidence collection
2. Daten: Data
3. Entkommen: Escape
4. Entschlüsseln: Decrypt
5. Erfahrung: Experience
6. Fallen: Traps
7. Forschungseinrichtung: Research facility
8. Fortgeschrittene Technologie: Advanced technology
9. Geheimdienst: Intelligence service
10. Herausfinden: Find out
11. Hintergründe: Backgrounds
12. Hinterhalten: Ambushes
13. Spionageplan: Espionage plan
14. Tarnung: Cover
15. Treffer: Hit
16. Umfrang: Scope
17. Vereiteln: Thwart
18. Verfolgt: Pursued
19. Ziel: Target

4. Die Konfrontation

David und Chen kommen rechtzeitig an der Forschungseinrichtung an.

David: „Chen, wir müssen Überwachung aufbauen und auf die Spione warten."

Sie richten Überwachung ein und warten auf die Spione.

Chen: „Die Spione sind da, sie planen, in die Einrichtung einzudringen."

David und Chen zeichnen Beweise für die Aktivitäten der Spione auf.

Die Spione entdecken sie, es kommt zu einer angespannten Situation.

Ein Kampf bricht aus, David und Chen versuchen, sich zu behaupten.

Sie schaffen es, einige der Spione zu überwältigen.

Chen ruft Verstärkung von der Polizei.

Der Anführer der Spione versucht, die Beweise zu zerstören.

David interveniert mutig und sichert die entscheidenden Beweise.

Die Polizei trifft ein und verhaftet die Spione.

Li Mei tritt als wichtige Zeugin hervor.

Der Spionageplan wird vereitelt, und die Technologie ist gesichert.

David und Chen werden als Helden gefeiert.

Die Geschichte wird zu einem bedeutenden journalistischen Durchbruch für David.

1. Anführer: Leader
2. Anspannung: Tension
3. Beweise: Evidence

4. Durchbruch: Breakthrough
5. Einbruch: Break-in
6. Einrichtung: Facility
7. Gesichert: Secured
8. Hervortreten: Emerge
9. Intervenieren: Intervene
10. Journalistisch: Journalistic
11. Kampf: Fight
12. Mutig: Brave
13. Spionageplan: Espionage plan
14. Überwachung: Surveillance
15. Überwältigen: Overpower
16. Verhaftet: Arrested
17. Verstärkung: Reinforcement
18. Zeugin: Witness
19. Zerstören: Destroy

5. Der Höhepunkt

Nach den Ereignissen spricht David mit der Polizei.

David: „Die gesamte Dimension des Spionagenetzwerks wird klar.“

Chen: „Du solltest einen Artikel schreiben und die Spionage enthüllen.“

David: „Ja, das könnte internationale Aufmerksamkeit erregen.“

Die High-Tech-Firma wird geschlossen, und ihre Vermögenswerte werden beschlagnahmt.

Li Mei wird Schutz für ihre Zusammenarbeit angeboten.

David wird von großen Nachrichtenagenturen für seine Geschichte kontaktiert.

Er arbeitet weiter eng mit Chen an anderen Fällen.

Die '39 Stufen' werden zu einer Fallstudie über Spionagetaktiken.

Davids Leben verändert sich für immer durch diese Erfahrung.

Er bleibt vorsichtig und ist sich der Gefahren der Spionage bewusst.

Die Geschichte der '39 Stufen' wird weit verbreitet als Warnung geteilt.

David reflektiert über das Abenteuer und ist sich der fortwährenden Bedrohungen bewusst.

Er setzt seine journalistische Arbeit mit einem neuen Fokus auf Sicherheit fort.

1. Abenteuer: Adventure
2. Angeboten: Offered
3. Aufmerksamkeit: Attention
4. Bedrohungen: Threats
5. Beschlagnahmt: Seized
6. Dimension: Dimension
7. Enthüllen: Reveal
8. Erfahrung: Experience
9. Fallstudie: Case study
10. Fortwährend: Ongoing
11. Geschlossen: Closed
12. Kontaktiert: Contacted
13. Nachrichtenagenturen: News agencies
14. Reflektieren: Reflect
15. Schutz: Protection
16. Sicherheit: Security
17. Spionagenetzwerk: Espionage network
18. Vermögenswerte: Assets
19. Vorsichtig: Cautious
20. Zusammenarbeit: Cooperation
21. Fortsetzen: Continue

Tod in der Wüste

1. Die Wüstenexpedition

Die heiße Sonne brennt über der weiten Wüste Ägyptens, als Dr. Eliza Tollwut und ihr Team sich auf die Suche nach einem verlorenen Tempel machen. Dr. Tollwut, eine renommierte Archäologin, leitet die Expedition. Ihr Team besteht aus erfahrenen ortskundigen Führern und jungen, eifrigen Archäologen.

Während sie ein Basislager nahe des vermuteten Tempelstandorts errichten, kommt es zu Spannungen. Dr. Tollwut, bekannt für ihre Genialität und ihr hitziges Temperament, gerät mit ihrem Team in Konflikt über die Ausrichtung der Ausgrabung.

„Dr. Tollwut, ich denke, wir sollten uns auf die Symbole konzentrieren. Sie könnten uns den Weg weisen", schlägt einer der jungen Archäologen vor.

„Symbole? Unsinn! Wir brauchen konkrete Beweise. Lasst uns tiefer graben!", erwidert Dr. Tollwut energisch.

Die Führer, skeptisch und besorgt über die Legenden des Fluchs, flüstern untereinander.

„Die Legenden sind wahr, ich sage es euch! Wir sollten vorsichtig sein", warnt einer der Führer.

Trotz der Warnungen setzt das Team die Ausgrabung fort und entdeckt schließlich einen verborgenen Eingang.

„Schaut, hier unten. Das könnte der Eingang sein!", ruft ein Archäologe aufgeregt.

Als sie in die unterirdischen Kammern hinabsteigen, hören sie in der einbrechenden Nacht unheimliche Geräusche aus den Tiefen der Höhlen.

1. Archäologe: Archaeologist
2. Ausgrabung: Excavation
3. Basislager: Base camp
4. Einbrechende Nacht: Approaching night

5. Eingang: Entrance
6. Energisch: Energetically
7. Erfahren: Experienced
8. Erwidern: To reply
9. Fluch: Curse
10. Genialität: Genius
11. Geräusche: Sounds
12. Höhlen: Caves
13. Ortskundig: Locally knowledgeable
14. Spannungen: Tensions
15. Temperament: Temperament
16. Tiefer graben: Dig deeper
17. Verborgen: Hidden
18. Vorsichtig: Careful
19. Wüste: Desert

2. Die freigelegten Geheimnisse

Im Dunkeln der unterirdischen Kammern erkundet das Team die Gänge mit Vorsicht. Die Wände sind mit alten Hieroglyphen geschmückt, und der Boden ist staubig.

„Schaut euch diese alten Artefakte an! Sie sind seit Jahrtausenden unberührt", ruft ein Teammitglied aus.

„Ja, wir müssen jeden Fund sorgfältig dokumentieren", stimmt Dr. Tollwut zu, während sie aufgeregt Notizen macht.

Die Stimmung wird jedoch angespannt, als einige Teammitglieder darüber diskutieren, ob sie Artefakte entfernen sollen.

„Wir dürfen nichts anrühren! Habt ihr nicht von dem Fluch gehört?", warnt einer der Führer besorgt.

In einer Nacht verschwindet ein Teammitglied in den Kammern. Panisch suchen sie nach ihm, doch es gibt keine Spur.

„Wir müssen hier raus! Es ist zu gefährlich", schlägt ein Teammitglied vor.

„Unsinn! Wir haben eine Entdeckung zu machen", beharrt Dr. Tollwut und weist auf eine Kammer mit einer großen, unheilvollen Anubis-Statue.

In der Nähe der Statue finden sie die Mütze des vermissten Teammitglieds.

„Die Hieroglyphen müssen übersetzt werden! Es könnte um ewiges Leben gehen", erklärt Dr. Tollwut fieberhaft.

Währenddessen fühlt sich das Team beobachtet, und die Ausrüstung fängt an zu spinnen, was die Spannung weiter steigert.

„Wir sollten vorsichtig sein. Etwas stimmt hier nicht", sagt ein Teammitglied besorgt.

Doch Dr. Tollwut wird zunehmend gereizt und paranoid, während sie weiter in die Geheimnisse der Kammer eintauchen.

1. Ausrüstung: Equipment
2. Besorgt: Worried
3. Diskutieren: Discuss
4. Dokumentieren: Document
5. Eintauchen: Delve
6. Entdeckung: Discovery
7. Ewiges Leben: Eternal life
8. Fieberhaft: Feverishly
9. Gänge: Passages
10. Gereizt: Irritated
11. Hieroglyphen: Hieroglyphs
12. Kammern: Chambers
13. Mütze: Cap
14. Notizen machen: Taking notes
15. Spinnen: Malfunction
16. Staubig: Dusty
17. Steigert: Increases
18. Unheilvoll: Ominous
19. Vermisst: Missing
20. Übersetzt: Translated

3. Der Fluch erwacht

Die Stimmung im Team ist niedergeschlagen, da sie fürchten, dass der Fluch real ist. Ein Teammitglied wird unter mysteriösen Umständen krank.

„Wir müssen hier raus! Der Fluch ist echt, das spüre ich", sagt ein Teammitglied besorgt.

Doch Dr. Tollwut drängt das Team weiter und ignoriert ihre Bedenken.

„Unsinn! Wir haben eine Entdeckung zu machen. Vorwärts!", befiehlt sie.

Sie stoßen auf eine versiegelte Grabkammer mit Warnungen vor einem Wächtergeist.

„Das sollten wir nicht öffnen. Es ist gefährlich!", warnt ein anderes Teammitglied.

Trotzdem ordnet Dr. Tollwut an, die Kammer zu öffnen. Im Inneren finden sie die Überreste eines alten Priesters.

In der Nacht wird das Lager von einem heftigen Sandsturm getroffen. Das Team sucht Schutz, aber der Sturm beschädigt ihre Vorräte.

Dr. Tollwut beginnt sich eigenartig zu verhalten und spricht mit sich selbst.

„Der Geist des Priesters spricht zu mir. Er sagt, wir müssen die Rituale vollenden", behauptet sie.

Die Gruppe entdeckt, dass der Ausgang aus den Kammern versperrt ist. Sie sind gefangen, die Vorräte schwinden, und die Angst wächst.

„Das sind keine normalen Schatten. Der Fluch hat uns im Griff", flüstert ein Teammitglied ängstlich.

Die Führer weigern sich weiterzugehen, aus Angst vor dem Fluch.

Dr. Tollwut isoliert sich mehr und mehr, besessen von der Grabkammer und dem vermeintlichen Fluch.

1. Beschädigt: Damaged
2. Befiehlt: Commands
3. Besessen: Obsessed
4. Drängt: Urges
5. Eigenartig: Strange
6. Flüstert: Whispers
7. Furcht: Fear
8. Gefährlich: Dangerous
9. Gefangen: Trapped
10. Geist: Ghost
11. Grabkammer: Tomb chamber
12. Heftiger: Violent
13. Isoliert: Isolated
14. Krank: Sick
15. Mysteriösen: Mysterious
16. Niedergeschlagen: Downcast
17. Priester: Priest
18. Sandsturm: Sandstorm
19. Schatten: Shadows
20. Schutz: Shelter
21. Spüre: Feel
22. Versiegelt: Sealed
23. Versperrt: Blocked
24. Vorräte: Supplies
25. Wächtergeist: Guardian spirit

4. Der Abstieg in den Wahnsinn

Das Team kämpft darum, einen anderen Ausweg aus den Kammern zu finden.

„Es muss doch einen Weg nach draußen geben. Wir müssen zusammenhalten", sagt ein Teammitglied.

Dr. Tollwut verbringt Stunden allein mit den Überresten des alten Priesters.

„Ich bin überzeugt, dass sie den Schlüssel zur Unsterblichkeit in sich tragen", murmelt sie vor sich hin.

Das Team entdeckt eine Kammer mit alten rituellen Markierungen.

„Wir müssen ein Ritual durchführen, so wie es in den Texten steht", behauptet Dr. Tollwut.

Das Team, verzweifelt, dem Ritual zuzustimmen, nickt widerwillig.

Während des Rituals treten unerklärliche Phänomene auf.

„Schatten tanzen an den Wänden. Hört ihr diese seltsamen Flüsterstimmen?", fragt ein Teammitglied ängstlich.

Dr. Tollwut behauptet, den Geist des Priesters befreit zu haben.

Paranoia erfasst das Team, und sie beginnen, sich gegenseitig zu misstrauen.

„Das ist nicht normal. Wir müssen hier raus, bevor noch mehr passiert", warnt ein anderes Teammitglied.

Unfälle häufen sich, und mehrere Mitglieder werden verletzt.

Das Team entdeckt, dass ihr Radio und Satellitentelefon zerstört wurden.

„Wir können niemanden um Hilfe rufen. Wir sind allein hier", sagt ein Mitglied frustriert.

Dr. Tollwut verliert den Bezug zur Realität, während sie mit unsichtbaren Wesen zu sprechen scheint.

„Sie sagen, wir haben das Gleichgewicht gestört. Jetzt müssen wir die Konsequenzen tragen", murmelt sie wirr.

1. Abstieg: Descent
2. Ausweg: Way out
3. Befreit: Freed
4. Bezug zur Realität: Grasp of reality
5. Erfasst: Seizes

6. Flüsterstimmen: Whispering voices
7. Frustration: Frustration
8. Gestört: Disturbed
9. Gleichgewicht: Balance
10. Konsequenzen: Consequences
11. Markierungen: Markings
12. Misstrauen: Mistrust
13. Murmelt: Murmurs
14. Paranoia: Paranoia
15. Phänomene: Phenomena
16. Satellitentelefon: Satellite phone
17. Schatten: Shadows
18. Tanzen: Dance
19. Unfälle: Accidents
20. Unsterblichkeit: Immortality
21. Unsichtbare Wesen: Invisible beings
22. Verletzt: Injured
23. Verzweifelt: Desperate
24. Widerwillig: Reluctantly
25. Wirr: Confused
26. Zerstört: Destroyed
27. Zusammenhalten: Stick together

5. Das letzte Ritual

Das Team, nun um sein Leben fürchtend, konfrontiert Dr. Tollwut.

„Was zum Teufel hast du vor, Dr. Tollwut? Das ist verrückt!", ruft ein Teammitglied.

Sie enthüllt ihren Plan, das alte Ritual für die Unsterblichkeit zu vollenden.

„Ich werde nicht zulassen, dass du das tust! Das ist Wahnsinn!", schreit ein anderes Mitglied.

Dr. Tollwut sperrt sich mit den Überresten des Priesters in der Grabkammer ein.

„Wir müssen einen anderen Ausgang finden! Schnell!", ruft ein Teammitglied.

Das Team durchquert Halluzinationen und unheimliche Phänomene.

„Das ist alles deine Schuld, Dr. Tollwut! Du hast uns in diese Lage gebracht", beschwert sich jemand.

Dr. Tollwut vollendet das Ritual, aber es geht schrecklich schief.

Die Kammer bebt, als ob die Erde selbst wütend wäre.

Die Statue von Anubis scheint lebendig zu werden, ihre Augen leuchten.

Das Team erlebt intensive Visionen von alten Ritualen und Tod.

„In dem Chaos wurden mehrere Teammitglieder schwer verletzt."

Die verbleibenden wenigen finden einen Ausweg, aber er stürzt hinter ihnen ein.

Erschöpft und traumatisiert tauchen sie in die Wüste auf.

Dr. Tollwut bleibt zurück, ihr Schicksal unbekannt.

Den Überlebenden bleibt es überlassen, die Geschichte der verfluchten Expedition zu erzählen.

1. Bebt: Quakes
2. Beschwert: Complains
3. Durchquert: Traverses
4. Erschöpft: Exhausted
5. Halluzinationen: Hallucinations
6. Lebendig: Alive
7. Leuchten: Glow
8. Schicksal: Fate
9. Schrecklich: Terribly
10. Schuld: Fault
11. Sperrt ein: Locks in

12. Stürzt: Collapses
13. Traumatisiert: Traumatized
14. Unbekannt: Unknown
15. Unheimliche Phänomene: Creepy phenomena
16. Verflucht: Cursed
17. Verletzt: Injured
18. Verrückt: Crazy
19. Visionen: Visions
20. Vollenden: Complete
21. Wahnsinn: Madness
22. Wütend: Furious
23. Zulassen: Allow

6. Das Erbe des Fluchs

Die Überlebenden werden Tage später von einer Suchmannschaft gerettet.

„Wir haben eine schreckliche Geschichte zu erzählen", sagt ein Überlebender.

Sie berichten von ihrer furchterregenden Erfahrung, stoßen jedoch auf Skepsis.

„Das klingt nach einem Märchen. Es gibt keinen Beweis", sagt jemand vom Rettungsteam.

Die Behörden finden den Eingang zu den unterirdischen Kammern versiegelt.

„Es ist, als hätte es diesen Ort nie gegeben", sagt ein Suchmannschaftsmitglied.

Es gibt keine Anzeichen von Dr. Tollwut oder den Artefakten, von denen sie sprachen.

„Vielleicht hat der Fluch sie verschlungen", flüstert jemand.

Gerüchte über die verfluchte Expedition und die verschwundene Archäologin verbreiten sich.

„Die Einheimischen weigern sich, über das zu sprechen, was passiert ist. Sie sind von Angst geplagt", sagt ein Retter.

Die überlebenden Teammitglieder kämpfen mit Schuldgefühlen und Albträumen.

„Es tut mir leid, dass ich euch in diese Hölle geführt habe", sagt einer von ihnen.

Die Geschichte vom verlorenen Tempel und Dr. Tollwut wird zu einer Legende.

„Kein Archäologe traut sich mehr in die Gegend. Der Fluch ist real", warnt ein Überlebender.

Das Ereignis ist in Mystery gehüllt, mit mehr Fragen als Antworten.

„Vielleicht wandert Dr. Tollwut jetzt als Geist durch die Kammern", flüstert jemand.

Andere glauben, dass der Fluch sie beansprucht hat, eine Warnung an die, die das Heilige stören.

„Abenteurer und Schatzsucher werden von der Legende des Tempels angezogen", sagt jemand.

Die Wüste behält ihre Geheimnisse, die Wahrheit liegt unter dem Sand begraben.

1. Albträume: Nightmares
2. Angezogen: Attracted
3. Beansprucht: Claimed
4. Behörden: Authorities
5. Beweis: Proof
6. Erbe: Legacy
7. Flüstert: Whispers
8. Furchterregend: Terrifying
9. Geheimnisse: Secrets
10. Gerettet: Rescued
11. Gerüchte: Rumors
12. Heilig: Sacred
13. Hölle: Hell
14. Kammern: Chambers

15. Legende: Legend
16. Märchen: Fairy tale
17. Mystery: Mystery
18. Retter: Rescuer
19. Schrecklich: Terrible
20. Schuldgefühle: Guilt
21. Suchmannschaft: Search team
22. Verbreiten: Spread
23. Verschlungen: Swallowed
24. Versiegelt: Sealed

Die letzten Tage der Tempelritter

1. Die Geheime Entdeckung

Es ist das Jahr 1307 in Jerusalem während der Kreuzzüge. Wir lernen Sir Edward kennen, einen tapferen Ritter der Templer. Sir Edward und seine Ritter graben tief unter dem Tempelberg und stoßen auf eine uralte Kammer, gefüllt mit historischen Schriften.

Sir Edward: „Schaut euch das an, meine Brüder! Was für Schriften mögen das sein?"

Ritter 1: „Das sind keine gewöhnlichen Schriften. Sie könnten unsere Überzeugungen herausfordern."

Ritter 2: „Wir sollten den Großmeister darüber informieren. Das ist zu wichtig, um es für uns zu behalten."

Sir Edward: „Aber was, wenn es gefährlich ist? Die Wahrheit könnte uns alle in Gefahr bringen."

Ritter 3: „Wir können nicht schweigen, Sir Edward. Die Kirche muss entscheiden, was damit geschehen soll."

Trotz der Bedenken beschließen die Ritter, die Texte dem Großmeister zu zeigen. Auf dem Weg zurück werden sie jedoch von unbekannten Angreifern überfallen.

Ritter 1: „Wir werden angegriffen! Verteidigt die Texte!"

Es entbrennt ein heftiger Kampf, aber die Ritter sind in der Unterzahl. Die Angreifer nehmen die Texte und fliehen. Sir Edward wird schwer verletzt.

Sir Edward: „Wir haben die Texte verloren, aber wir müssen zurückkehren und dem Großmeister alles berichten."

Geschwächt kehren die Ritter zu ihrer Festung zurück, wo sich bereits Gerüchte über ihre mysteriöse Entdeckung verbreiten.

1. Angreifer: Attackers
2. Bedenken: Concerns
3. Entbrennt: Erupts

4. Festung: Fortress
5. Gefüllt: Filled
6. Großmeister: Grand Master
7. Heftiger: Fierce
8. Historische Schriften: Historical writings
9. Kammer: Chamber
10. Kreuzzüge: Crusades
11. Mysteriöse Entdeckung: Mysterious discovery
12. Ritter: Knight
13. Schweigen: Silence
14. Templer: Templar
15. Überfallen: Ambushed
16. Überzeugungen: Beliefs
17. Unbekannten: Unknown
18. Unterzahl: Outnumbered
19. Verteidigt: Defend
20. Wahrheit: Truth
21. Weg zurück: Way back
22. Zurückkehren: Return

2. Die Verbreitung von Gerüchten

Die Nachricht von der Entdeckung der Ritter verbreitet sich in ganz Jerusalem.

Bauer 1: „Hast du von den Rittern gehört? Sie haben etwas Unerklärliches entdeckt!"

Bauer 2: „Was könnte es sein? Ein Schatz? Ein Fluch?"

Sir Edward erholt sich von seinen Verletzungen, ist jedoch von dem Verlust beunruhigt.

Ritter 1: „Sir Edward, wie geht es dir?"

Sir Edward: „Nicht gut. Die Texte sind verloren, und das Geheimnis droht, enthüllt zu werden."

Die Kirche fängt an, Gerüchte über die Entdeckung zu hören.

Kirchenmitglied 1: „Die Ritter haben etwas gefunden, das die Kirche besorgt."

Kirchenmitglied 2: „Es wird gemunkelt, dass es unsere Glaubensgrundsätze herausfordern könnte.“

Der Großmeister beruft eine geheime Versammlung mit den Rittern ein.

Großmeister: „Die Entdeckung darf nicht bekannt werden. Das könnte verheerende Konsequenzen haben.“

Sir Edward argumentiert für Transparenz und Wahrheit.

Sir Edward: „Wir sollten die Wahrheit sagen, egal wie unbequem sie ist.“

Die Ritter sind uneins darüber, wie sie mit der Situation umgehen sollen.

Ritter 3: „Es ist zu gefährlich. Wir sollten schweigen und handeln.“

Außerhalb des Ordens wächst die Spekulation über die Loyalität der Ritter.

Stadtbewohnerin: „Hast du gehört? Die Ritter könnten Verräter sein!“

Sir Edward erhält einen mysteriösen Hinweis, der vor Gefahr warnt.

Hinweis: „Die Gefahr lauert. Seid wachsam!“

Die Ritter verstärken ihre Patrouillen und Sicherheitsmaßnahmen.

Ritter 2: „Wir müssen auf der Hut sein. Feinde könnten überall lauern.“

Die Spannungen zwischen den Rittern und den örtlichen Behörden nehmen zu.

Wachmann: „Ihr Ritter seid hier nicht willkommen! Verschwindet!“

Innerhalb des Ordens wird ein Spion entdeckt, der Informationen an die Kirche weitergibt.

Sir Edward stellt den Spion zur Rede, doch er entkommt.

Ritter 1: „Wir sind verraten! Wir müssen handeln!"

Die Ritter erkennen die Ernsthaftigkeit ihrer Lage.

Ritter 3: „Wir müssen die gestohlenen Texte zurückholen und unser Ansehen wiederherstellen."

Sie beginnen eine geheime Untersuchung, um die gestohlenen Texte wiederzufinden.

1. Ansehen: Reputation
2. Argumentiert: Argues
3. Beunruhigt: Worried
4. Droht: Threatens
5. Entdeckung: Discovery
6. Enthüllt: Revealed
7. Erholt: Recovers
8. Ernsthaftigkeit: Seriousness
9. Feinde: Enemies
10. Gefahr: Danger
11. Gehört: Heard
12. Gelaubensgrundsätze: Beliefs
13. Geheimnis: Secret
14. Geheime Versammlung: Secret meeting
15. Gestohlenen Texte: Stolen texts
16. Handeln: Act
17. Hinweis: Hint
18. Kirche: Church
19. Konsequenzen: Consequences
20. Lauert: Lurks
21. Loyalität: Loyalty
22. Munkelt: Rumored
23. Patrouillen: Patrols
24. Schweigen: Silence
25. Sicherheitsmaßnahmen: Security measures
26. Spion: Spy
27. Stadtbewohnerin: Townswoman
28. Transparenz: Transparency
29. Uneins: Divided

30. Verbreitet: Spreads
31. Verheerende: Devastating
32. Verlust: Loss
33. Verraten: Betrayed
34. Versammlung: Assembly
35. Wachsam: Vigilant
36. Wachmann: Guard
37. Wahrheit: Truth
38. Willkommen: Welcome

3. Der Zorn der Kirche

Die Kirche verurteilt öffentlich die Tempelritter.

Kirchenmitglied 1: „Die Tempelritter sind Verräter! Sie werden der Ketzerei beschuldigt!"

Kirchenmitglied 2: „Ich kann es nicht glauben. Die Ritter, die wir einst verehrten, sind jetzt Feinde der Kirche."

Sir Edward und seine Ritter sind schockiert über die Reaktion der Kirche.

Ritter 1: „Wir haben unser Leben der Kirche gewidmet, und nun das!"

Ritter 2: „Die Anschuldigungen sind falsch. Wir müssen uns verteidigen."

Der Großmeister beschließt, die Kirchenführer zur Rede zu stellen.

Großmeister: „Wir müssen unsere Ehre verteidigen. Lasst uns die Wahrheit ans Licht bringen."

Sir Edward warnt vor einer Falle und rät zur Vorsicht.

Sir Edward: „Die Kirche könnte einen Hinterhalt planen. Wir müssen vorsichtig sein."

Die Ritter reisen nach Rom, um ihre Ehre zu verteidigen.

Ritter 3: „Rom ist gefährlich, aber wir müssen unsere Unschuld beweisen."

Auf der Reise werden sie ständig belästigt und angegriffen.

Straßenverkäufer: „Die Tempelritter sind nicht willkommen! Verschwindet aus unserer Stadt!"

Bei ihrer Ankunft finden sie die Stadt feindlich gesinnt.

Stadtbewohner 1: „Die Tempelritter! Hier gibt es Ärger!"

Stadtbewohner 2: „Wir sollten sie vertreiben. Sie haben keinen Platz hier."

Die Kirche weigert sich, sie zu treffen, und erklärt sie zu Gesetzlosen.

Kirchenführer: „Die Tempelritter sind exkommuniziert. Sie haben kein Recht auf Verteidigung."

Sir Edward erkennt die Ernsthaftigkeit ihrer Situation.

Sir Edward: „Wir können nicht hierbleiben. Wir müssen in der Nacht fliehen."

Die Ritter werden gezwungen, Rom im Schutz der Dunkelheit zu verlassen.

Ritter 1: „Wir müssen uns verstecken und einen Plan machen."

Sie trennen sich und planen, sich später wieder zu treffen.

Sir Edward schwört, ihre Namen reinzuwaschen.

Sir Edward: „Wir werden die Wahrheit ans Licht bringen und unsere Ehre wiederherstellen."

Er beginnt, Beweise zu sammeln, um ihre Unschuld zu beweisen.

Die Ritter werden zu Gejagten, von der Kirche und den örtlichen Behörden verfolgt.

1. Angriffen: Attacks
2. Anschuldigungen: Accusations
3. Belästigt: Harassed
4. Beschließt: Decides

5. Beweisen: Prove
6. Exkommuniziert: Excommunicated
7. Feindlich: Hostile
8. Fliehen: Flee
9. Gesetzlosen: Outlaws
10. Gejagten: Hunted
11. Hinterhalt: Ambush
12. Ketzerei: Heresy
13. Planen: Plan
14. Reinwaschen: Clear
15. Schutz: Protection
16. Schwört: Swears
17. Stadtbewohner: Townspeople
18. Straßenverkäufer: Street vendor
19. Treffen: Meet
20. Unschuld: Innocence
21. Verfolgt: Pursued
22. Verteidigen: Defend
23. Vertreiben: Drive out
24. Vorsicht: Caution
25. Wahrheit: Truth
26. Zorn: Wrath

4. Eine Gefährliche Reise

Sir Edward reist inkognito und sucht nach Verbündeten.

Sir Edward: „Ich muss loyalen Unterstützern begegnen, um unsere Sache voranzutreiben.“

Er trifft sich mit wohlgesinnten Adligen, die an ihre Sache glauben.

Adliger 1: „Die Kirche irrt sich. Wir stehen an eurer Seite, Sir Edward.“

Adliger 2: „Lasst uns gemeinsam gegen die Ungerechtigkeit vorgehen.“

Sir Edward erfährt, dass die gestohlenen Texte nach Frankreich gebracht wurden.

Sir Edward: „Die Texte sind in Frankreich. Wir müssen sie zurückholen."

Die Ritter treffen sich heimlich, um ihren Plan zu besprechen.

Ritter 1: „Es wird gefährlich, aber wir müssen handeln."

Ritter 2: „Wir dürfen die Texte nicht in falsche Hände geraten lassen."

Die Reise nach Frankreich ist voller Gefahren.

Ritter 3: „Wir müssen die Hauptstraßen vermeiden und nachts reisen."

Sie erleben mehrere brenzlige Situationen.

Bauern: „Wer seid ihr? Fremde sind hier nicht willkommen!"

In Frankreich angekommen, ist die politische Lage noch gefährlicher.

Ritter 4: „Es gibt eine geheime Gesellschaft, die die Texte hat."

Sir Edward schleicht sich in die Versammlung der Gesellschaft.

Sir Edward: „Ich muss herausfinden, wie die Texte missbraucht werden."

Er entdeckt, dass die Texte für politische Zwecke genutzt werden.

Ritter 5: „Das dürfen wir nicht zulassen. Wir müssen die Texte zurückholen."

Die Ritter planen einen Überfall, um die Texte zu sichern.

Ritter 6: „Wir müssen bereit sein, zu kämpfen. Es wird gefährlich."

Sie bereiten sich auf die Schlacht vor, sich der Risiken bewusst.

1. Adligen: Nobles
2. Angekommen: Arrived
3. Bauern: Peasants
4. Bereit: Ready

5. Besprechen: Discuss
6. Brenzlige: Precarious
7. Entdeckt: Discovers
8. Falsche Hände: Wrong hands
9. Gefährlich: Dangerous
10. Gefahren: Dangers
11. Geheime Gesellschaft: Secret society
12. Genutzt: Used
13. Gesellschaft: Society
14. Handeln: Act
15. Hauptstraßen: Main roads
16. Kämpfen: Fight
17. Lage: Situation
18. Missbraucht: Misused
19. Nacht: Night
20. Planen: Plan
21. Politische Zwecke: Political purposes
22. Schlacht: Battle
23. Sicheren: Secure
24. Überfall: Raid
25. Verbündeten: Allies
26. Vorangehen: Advance
27. Zurückholen: Retrieve

5. Der Überfall

Die Ritter setzen ihren Plan in der Dunkelheit um.

Ritter 1: „Wir müssen leise sein und unbemerkt eindringen."

Sie infiltrieren die Festung der Gesellschaft in Paris.

Ritter 2: „Wir müssen die Texte finden und sicherstellen."

Ein heftiger Kampf entbrennt, als sie um die Texte kämpfen.

Sir Edward findet heraus, wo die Texte sind, doch sie sind stark bewacht.

Sir Edward: „Ich werde versuchen, den Anführer zur Rede zu stellen."

Im nervenaufreibenden Machtkampf tritt Sir Edward vor.

Anführer der Gesellschaft: „Ihr könnt die Texte nicht stoppen. Wir werden die Kirche kontrollieren!"

Sir Edward und seine Ritter sichern die Texte.

Ritter 3: „Wir müssen schnell entkommen, bevor sie uns fassen."

Sie entkommen mit den Texten, doch die Männer der Gesellschaft verfolgen sie.

Ritter 4: „Eine wilde Verfolgungsjagd durch die Straßen von Paris beginnt."

Sir Edward wird verletzt, aber sie entkommen knapp der Gefangennahme.

Ritter 5: „Wir können nicht nach Jerusalem zurückkehren. Wir müssen nach Schottland fliehen."

Die Reise nach Schottland ist gefährlich, aber notwendig.

Sir Edward schwört, die Texte um jeden Preis zu schützen.

Sie verlassen Frankreich, immer noch von den Männern der Gesellschaft verfolgt.

1. Anführer: Leader
2. Bewacht: Guarded
3. Eindringen: Infiltrate
4. Entbrennt: Erupts
5. Entkommen: Escape
6. Fassen: Catch
7. Festung: Fortress
8. Fliehen: Flee
9. Gefangennahme: Capture
10. Gefährlich: Dangerous
11. Gesellschaft: Society
12. Infiltrieren: Infiltrate
13. Kämpfen: Fight
14. Leise: Quietly

15. Machtkampf: Power struggle
16. Nervenaufreibend: Nerve-wracking
17. Ritter: Knight
18. Schottland: Scotland
19. Sichern: Secure
20. Straßen: Streets
21. Unbemerkt: Unnoticed
22. Verfolgungsjagd: Chase
23. Verlassen: Leave
24. Verletzt: Injured
25. Verfolgen: Pursue
26. Zur Rede stellen: Confront

6. Der Letzte Kampf

Die Ritter erreichen Schottland, erschöpft, aber entschlossen.

Ritter 1: „Wir müssen uns in einem abgelegenen Kloster verstecken."

Sie suchen Zuflucht in einem abgelegenen Kloster.

Sir Edward plant, die Texte der Welt zu offenbaren.

Ritter 2: „Die Männer der Gesellschaft haben uns gefunden. Der letzte Kampf steht bevor."

Die Ritter kämpfen tapfer, um die Texte zu schützen.

Sir Edward stellt sich dem Anführer der Gesellschaft in einem finalen Duell.

Ritter 3: „Der Kampf ist intensiv. Viele Ritter gehen verloren."

Sir Edward besiegt den Anführer der Gesellschaft, jedoch zu einem hohen Preis.

Die überlebenden Ritter sind schwer verletzt.

Ritter 4: „Wir müssen die Texte dem Kloster anvertrauen, um sie zu schützen."

Sir Edward erkennt, dass sie nie nach Hause zurückkehren können.

Die Ritter beschließen, sich aufzulösen, ihre Mission ist erfüllt.

Sir Edward reflektiert über ihre Reise und Opfer.

Die Texte bleiben verborgen, ihre Geheimnisse bewahrt.

Das Erbe der Tempelritter lebt weiter, in Mysterien gehüllt.

1. Abgelegen: Remote
2. Anführer: Leader
3. Anvertrauen: Entrust
4. Aufgelöst: Disbanded
5. Besiegt: Defeated
6. Duell: Duel
7. Erschöpft: Exhausted
8. Finalen: Final
9. Geheimnisse: Secrets
10. Gehüllt: Shrouded
11. Intensiv: Intense
12. Kampf: Fight
13. Kloster: Monastery
14. Mysterien: Mysteries
15. Opfer: Sacrifices
16. Reflektiert: Reflects
17. Schwer verletzt: Seriously injured
18. Suchen: Seek
19. Tapfer: Bravely
20. Überlebenden: Survivors
21. Verborgen: Hidden
22. Zuflucht: Refuge
23. Zuflucht: Refuge

Der Mann, der König sein wollte

1. Der Beginn der Reise

Die Geschichte spielt im späten 19. Jahrhundert in Indien.

Daniel und Peachey, zwei abenteuerlustige britische Ex-Soldaten, treffen den Erzähler, einen Journalisten, in einer örtlichen Kneipe.

Daniel und Peachey enthüllen ihren Plan, Könige in einem abgelegenen Teil Afghanistans zu werden.

Sie zeigen eine Karte und beschreiben den Weg durch die zerklüfteten Berge.

Der Erzähler ist skeptisch, aber von ihrem kühnen Plan fasziniert.

Daniel und Peachey haben Waffen und Vorräte für ihre Reise gesammelt.

Sie erklären, dass sie die örtlichen Sprachen und Bräuche gelernt haben.

Der Erzähler warnt sie vor den Gefahren, aber sie sind entschlossen.

Ihr Ziel ist es, ein kleines Königreich zu gründen und als „Sahibs" zu herrschen.

Daniel und Peachey brechen auf, voller Optimismus und Aufregung.

Sie durchqueren lebhafte Märkte und erreichen die Außenbezirke.

Ihre Reise führt sie durch gefährliche Bergtäler.

Unterwegs treffen sie auf einheimische Stämme und bewältigen schwieriges Gelände.

Der Erzähler sieht ihnen nach, wie sie in der Ferne verschwinden, und fragt sich, ob er sie jemals wiedersehen wird.

1. Abenteuerlustige: Adventurous
2. Aufregung: Excitement
3. Außenbezirke: Outskirts
4. Bergtäler: Mountain valleys
5. Bewältigen: Overcome
6. Bräuche: Customs
7. Erzähler: Narrator
8. Fasziniert: Fascinated
9. Gefährliche: Dangerous
10. Gelände: Terrain
11. Gesammelt: Collected
12. Herrschen: Rule
13. Kneipe: Pub
14. Königreich: Kingdom
15. Lebhafte Märkte: Lively markets
16. einheimische Stämme: Local tribes
17. Optimismus: Optimism
18. Sahibs: Sahibs
19. Skeptisch: Skeptical
20. Sprachen: Languages
21. Vorräte: Supplies
22. Waffen: Weapons
23. Weg: Way
24. Zerklüfteten Berge: Rugged mountains

2. In die Berge

Daniel und Peachey setzen ihre Wanderung in die Berge fort.

Sie stehen vor harten Bedingungen und gefährlichen Pfaden.

Ihre Vorräte beginnen zu schwinden, aber sie setzen ihre Reise fort.

Sie stoßen auf ein abgelegenes Dorf und werden vorsichtig willkommen geheißen.

Daniel beeindruckt die Dorfbewohner mit seinem Wissen über ihre Sprache.

Sie ruhen sich im Dorf aus und lernen mehr über die lokale Kultur.

Peachey fängt an, an ihrem Plan zu zweifeln, aber Daniel bleibt zuversichtlich.

Sie helfen den Dorfbewohnern bei einem Streit und gewinnen ihr Vertrauen.

Daniel spricht von ihrer Absicht, weiter nach Norden zu reisen.

Der Dorfälteste warnt sie vor den Gefahren, die vor ihnen liegen.

Sie tauschen einige Vorräte aus und erfahren von einer sichereren Route.

Peachey und Daniel verlassen das Dorf und fühlen sich besser vorbereitet.

Sie geraten in einen heftigen Sturm in den Bergen, überstehen ihn jedoch.

Ihre Bindung stärkt sich, während sie aufeinander angewiesen sind.

Schließlich erreichen sie die Außenbezirke von Kafiristan, ihrem beabsichtigten Ziel.

1. Abgelegenes Dorf: Remote village
2. Außenbezirke: Outskirts
3. Bedingungen: Conditions
4. Beeindruckt: Impresses
5. Bindung: Bond
6. Dorfbewohner: Villagers
7. Dorfälteste: Village elder
8. Gefährlichen Pfaden: Dangerous paths
9. Gewinnen: Gain
10. Heftigen Sturm: Violent storm
11. Kafiristan: Kafiristan
12. Lokale Kultur: Local culture
13. Norden: North

14. Pfaden: Paths
15. Ruhen: Rest
16. Schwinden: Dwindling
17. Sichereren Route: Safer route
18. Spricht: Speaks
19. Streit: Dispute
20. Tauschen: Exchange
21. Verlassen: Leave
22. Vertrauen: Trust
23. Vorbereitet: Prepared
24. Wanderung: Hike
25. Willkommen geheißen: Welcomed
26. Zuversichtlich: Confident
27. Überstehen: Survive

3. Das Königreich Kafiristan

Daniel und Peachey kommen in Kafiristan an und sind von seiner Schönheit beeindruckt.

Sie entdecken, dass die Menschen unter primitiven Bedingungen leben.

Die Einheimischen sind anfangs feindselig, aber Daniel und Peachey schaffen es zu kommunizieren.

Sie zeigen ihre fortschrittlichen Waffen, die die Dorfbewohner beeindrucken.

Die Dorfbewohner glauben, dass sie Götter oder mächtige Geister sind.

Daniel beschließt, diesen Glauben auszunutzen, um Einfluss zu gewinnen.

Sie werden zum Haus des Dorfanführers eingeladen und mit großem Respekt behandelt.

Daniel und Peachey beginnen, den Dorfbewohnern moderne Kriegsführung beizubringen.

Sie beginnen, die nahegelegenen Dörfer unter ihrer Führung zu vereinen.

Das Wort verbreitet sich über die mächtigen Ausländer.

Immer mehr Dörfer schwören Daniel und Peachey die Treue.

Sie etablieren eine ordentliche Regierung.

Daniel wird als König bekannt, mit Peachey als seinem Stellvertreter.

Sie genießen ihre neu gewonnene Macht und den Respekt.

Der Erzähler in Indien hört Gerüchte von zwei weißen Königen in Kafiristan.

1. Anfangs: Initially
2. Ausländer: Foreigners
3. Beeindruckt: Impressed
4. Beibringen: Teach
5. Dorfanführers: Village leader
6. Dorfbewohner: Villagers
7. Eingeladen: Invited
8. Einheimischen: Locals
9. Einfluss: Influence
10. Etablieren: Establish
11. Feindselig: Hostile
12. Fortschrittlichen Waffen: Advanced weapons
13. Genießen: Enjoy
14. Glauben: Belief
15. Götter: Gods
16. König: King
17. Kriegsführung: Warfare
18. Macht: Power
19. Mächtige Geister: Powerful spirits
20. Nahegelegenen Dörfer: Nearby villages
21. Ordentliche Regierung: Proper government
22. Primitiven Bedingungen: Primitive conditions
23. Schönheit: Beauty

24. Schwören: Swear
25. Stellvertreter: Deputy
26. Treue: Loyalty
27. Vereinen: Unite
28. Verbreitet sich: Spreads

4. Die Herrschaft der Könige

Die Macht von Daniel und Peachey in Kafiristan wächst.

Sie setzen ihre Bemühungen fort, die einheimischen Stämme unter ihre Herrschaft zu vereinen.

Daniel nimmt seine Rolle als König ernst und führt Gesetze und Reformen ein.

Peachey wird zunehmend besorgt über ihre Täuschung.

Sie bauen ein kleines Schloss als Symbol ihrer Macht.

Daniel fängt an zu glauben, dass er dazu bestimmt ist, ein großer König zu sein.

Sie trainieren eine kleine Armee und bringen Frieden in die Region.

Die Menschen in Kafiristan gedeihen unter ihrer Herrschaft.

Nachrichten über ihr Königreich erreichen benachbarte Regionen und wecken Neugier.

Daniel plant, ihr Territorium weiter auszudehnen.

Peachey macht sich Sorgen über die Nachhaltigkeit ihrer Herrschaft.

Ein benachbarter Stamm stellt ihre Autorität infrage.

Daniel führt ihre Armee zu einem erfolgreichen, aber teuren Sieg.

Der Sieg festigt ihre Macht, jedoch zu einem hohen Preis.

Der Erzähler beschließt, nach Kafiristan zu reisen, um die Wahrheit selbst zu sehen.

1. Armee: Army
2. Autorität: Authority
3. Benachbarte Regionen: Neighboring regions
4. Besorgt: Concerned
5. Bemühungen: Efforts
6. Ernst: Seriously
7. Festigt: Solidifies
8. Frieden: Peace
9. Gedeihen: Thrive
10. Gesetze: Laws
11. Glauben: Believe
12. Herrschaft: Reign
13. Infrage: Question
14. Kleines Schloss: Small castle
15. einheimische Stämme: Local tribes
16. Macht: Power
17. Nachhaltigkeit: Sustainability
18. Nachrichten: News
19. Neugier: Curiosity
20. Reformen: Reforms
21. Siegt: Victory
22. Symbol: Symbol
23. Täuschung: Deception
24. Territorium: Territory
25. Trainieren: Train
26. Vereinen: Unite
27. Wahrheit: Truth
28. Wecken: Arouse

5. Die Herausforderung der Macht

Der Erzähler kommt in Kafiristan an und ist erstaunt über das, was er sieht. Daniel und Peachey werden als mächtige Herrscher verehrt. Der Erzähler beobachtet ihr Königreich und nimmt Fortschritte und Probleme wahr. Er trifft sich mit Daniel und Peachey, die von ihren Errungenschaften prahlen.

Daniel: „Ja, mein Freund, du siehst richtig. Wir haben dieses Königreich aufgebaut."

Peachey: „Die Leute hier glauben, wir seien wie Götter.“

Der Erzähler: „Aber wie habt ihr das geschafft?“

Daniel: „Mit Waffen und Wissen. Wir haben ihre Stämme geeint.“

Peachey: „Und jetzt herrschen wir hier.“

Der Erzähler beobachtet weiterhin die Szenerie und bemerkt die Unruhen im Dorf. Er spricht wieder mit Peachey.

Der Erzähler: „Peachey, ich spüre, dass nicht alles so ist, wie es scheint.“

Peachey: „Du hast recht. Daniel träumt jetzt davon, ein großer König zu werden. Aber ich fürchte, das wird alles zusammenbrechen.“

Der Erzähler: „Was meinst du?“

Peachey: „Diese Heiratsgeschichte. Die Leute sind nicht glücklich darüber. Es könnte alles ruinieren.“

Die Hochzeitsvorbereitungen sind in vollem Gange, und die Spannungen steigen. Der Erzähler beobachtet die Menschenmenge.

Ein Dorfbewohner: „Diese Fremden haben uns betrogen! Sie sind keine Götter!“

Ein anderer: „Wir müssen gegen sie vorgehen!“

Während der Zeremonie bricht plötzlich Unruhe aus.

Daniel: „Was passiert hier? Warum sind sie so aufgebracht?“

Peachey: „Es sieht so aus, als ob sie uns nicht mehr als Götter sehen.“

Der Erzähler wird in das Chaos hineingezogen und fürchtet um sein Leben.

1. Aufgebracht: Agitated
2. Bemerkt: Notices

3. Betrügen: Deceive
4. Chaos: Chaos
5. Errungenschaften: Achievements
6. Erstaunt: Amazed
7. Fortschritte: Progress
8. Fürchten: Fear
9. Geschafft: Accomplished
10. Götter: Gods
11. Herausforderung: Challenge
12. Heiratsgeschichte: Marriage story
13. Herrscher: Rulers
14. Hochzeitsvorbereitungen: Wedding preparations
15. Königreich: Kingdom
16. Leute: People
17. Mächtige: Powerful
18. Menschenmenge: Crowd
19. Probleme: Problems
20. Prahlen: Boast
21. Ruiniert: Ruin
22. Spannungen: Tensions
23. Stämme: Tribes
24. Träumen: Dream
25. Unruhen: Unrest
26. Verehrt: Revered
27. Vorgehen: Take action
28. Waffen: Weapons
29. Wissen: Knowledge
30. Zeremonie: Ceremony

6. Der Fall des Königreichs

Die Rebellion gegen Daniel und Peachey wird stärker. Sie kämpfen, um den Aufstand mit ihren begrenzten Kräften zu unterdrücken. Der Erzähler erlebt den Zusammenbruch ihres Königreichs mit.

Daniel: „Wir dürfen das nicht zulassen! Wir müssen unser Volk schützen!"

Peachey: „Es ist zu spät. Viele haben uns verlassen. Wir sind machtlos."

Der Erzähler beobachtet, wie die Dorfbewohner das Palastgebäude stürmen.

Ein Dorfbewohner: „Ihr seid keine Götter! Ihr habt uns belogen!"

Ein anderer: „Sie müssen für ihre Täuschung bezahlen!"

Während des Chaos wird Peachey verletzt, als er versucht, ihren Palast zu verteidigen. Die Dorfbewohner fangen Daniel ein und bringen ihn vor Gericht.

Der Erzähler: „Das ist nicht richtig! Sie haben versucht, euch zu helfen!"

Ein Anführer: „Ihre Taten haben uns betrogen. Er muss bestraft werden!"

Daniel versucht, sich zu verteidigen.

Daniel: „Wir haben euer Leben verbessert! Ich wollte euch zu großartigen Menschen machen!"

Die Stammesführer fällen ein hartes Urteil.

Stammesführer: „Daniel, du wirst büßen müssen. Deine Strafe wird schwerwiegend sein."

Peachey wird schwer verletzt in die Wildnis verbannt. Der Erzähler versucht, ihm zu helfen, aber Daniels Schicksal ist besiegelt.

Der Erzähler: „Das ist so tragisch. Ihr habt versucht, etwas Gutes zu tun."

Peachey: „Unser Traum ist zerbrochen, und es ist unsere Schuld."

Das Königreich, das sie aufgebaut haben, versinkt im Chaos. Der Erzähler erkennt die tragischen Konsequenzen ihres Ehrgeizes. Er verlässt Kafiristan mit Peachey und denkt über den Leichtsinn ihres Abenteuers nach.

1. Anführer: Leader
2. Aufstand: Revolt
3. Beobachtet: Observes
4. Bestraft: Punished
5. Betrieben: Cheated
6. Büßen: Atone
7. Dorfbewohner: Villagers
8. Ehrgeiz: Ambition
9. Ein: Captured
10. Erlebt: Experiences
11. Fall des Königreichs: Fall of the kingdom
12. Gericht: Court
13. Großartigen Menschen: Great people
14. Hartes Urteil: Harsh judgment
15. Kämpfen: Fight
16. Kräften: Forces
17. Leichtsinn: Recklessness
18. Machtlos: Powerless
19. Palastgebäude: Palace building
20. Rebellion: Rebellion
21. Schuld: Fault
22. Schwer verletzt: Severely injured
23. Stammesführer: Tribal leader
24. Strafe: Punishment
25. Stürmen: Storm
26. Täuschung: Deception
27. Tragisch: Tragic
28. Unterdrücken: Suppress
29. Verbessert: Improved
30. Verbannt: Banished
31. Verteidigen: Defend
32. Wildnis: Wilderness
33. Zerbrochen: Broken
34. Zusammenbruch: Collapse

7. Das Ende des Traums

Der Erzähler und der schwer verletzte Peachey kehren nach Indien zurück. Peachey ist von Schuld und Trauer über Daniels Schicksal geplagt.

Peachey: „Es ist alles meine Schuld. Ich hätte auf ihn aufpassen sollen.“

Der Erzähler hilft Peachey, medizinische Hilfe zu suchen.

Erzähler: „Wir müssen sicherstellen, dass du wieder gesund wirst.“

Peachey erzählt dem Erzähler ihre Geschichte, voller Bedauern.

Peachey: „Wir haben alles verloren. Unser Traum war ein Albtraum.“

Der Erzähler ist von ihrer tragischen Geschichte bewegt.

Erzähler: „Es tut mir so leid, dass alles so gekommen ist.“

Peachey beklagt den Verlust seines Freundes und ihres Traums.

Peachey: „Daniel war ein guter Mann. Unser Traum endete in einem Albtraum.“

Die Geschichte von ihrem Aufstieg und Fall wird zu einer Warnung.

Erzähler: „Die Menschen müssen wissen, was passiert ist. Unsere Geschichte sollte eine Warnung sein.“

Peachey, gebrochen im Geist, ringt um Frieden.

Peachey: „Ich kann nicht mehr. Mein Herz ist gebrochen.“

Er verstirbt, unfähig, sich von seinen Verletzungen und dem Verlust zu erholen.

Der Erzähler erfüllt sein Versprechen, ihre Geschichte zu teilen.

Erzähler: „Die Welt muss lernen. Ambition und Stolz können gefährlich sein.“

Die Legende der beiden Könige von Kafiristan lebt in der Folklore weiter.

Die Geschichte endet mit einem Gefühl von Melancholie und der Weisheit, die aus ihrem Leichtsinn gewonnen wurde.

1. Albtraum: Nightmare
2. Aufpassen: Look after
3. Bedauern: Regret
4. Beklagt: Laments
5. Bewegt: Moved
6. Endete: Ended
7. Erfüllt: Fulfills
8. Erholen: Recover
9. Gebrochen: Broken
10. Geist: Spirit
11. Kann nicht mehr: Can't anymore
12. Kehren zurück: Return
13. Leichtsinn: Recklessness
14. Melancholie: Melancholy
15. Medizinische Hilfe: Medical help
16. Passiert ist: Happened
17. Ringt um: Struggles for
18. Schuld: Guilt
19. Stolz: Pride
20. Teilen: Share
21. Trauer: Sorrow
22. Traum: Dream
23. Verloren: Lost
24. Verlust: Loss
25. Warnung: Warning
26. Weisheit: Wisdom
27. Wieder gesund: Get well again

Der Bankräuber

1. Der Überfall in Bombay

Die Sonne strahlte über den geschäftigen Straßen von Bombay. Die Menschen gingen ihren alltäglichen Geschäften nach, als Vikram, ein geschickter Bankräuber, seine Pläne schmiedete. Er schlich sich in die Bank, leise wie ein Schatten, und mit einem geschickten Handgriff gelang es ihm, die Tür zum Tresor zu öffnen.

Vikram: (leise zu sich selbst) Das wird ein Klacks.

Vikram füllte seine Taschen mit Geld, während er sicherstellte, dass niemand sein Vorhaben bemerkte. Draußen auf der Straße wartete bereits ein Fluchtauto.

Singh: Der erfahrene Privatdetektiv Singh, bekannt für seine Hartnäckigkeit, erhielt einen Anruf über den Banküberfall.

Singh: (zu einem Polizisten) Wir müssen schnell handeln. Vikram wird nicht lange in der Nähe bleiben.

Vikram entkam geschickt durch die Seitenstraßen von Bombay, in der Hoffnung, der Polizei zu entkommen.

Vikram: (zu seinem Komplizen) Schnell, wir müssen in die Himalaya fliehen. Dort werden sie uns nicht finden.

Singh untersuchte den Tatort und sprach mit Zeugen, um jede Spur von Vikram zu verfolgen.

Singh: (zu einem Polizisten) Frage die Leute in der Umgebung. Jede Information kann wichtig sein.

Währenddessen setzte Vikram seine Flucht fort und hörte Gerüchte über Shangri La, ein mystisches Land in den Himalaya-Bergen.

Vikram: (zu seinem Komplizen) Wir könnten uns in den abgelegenen Dörfern verstecken. Niemand wird dort nach uns suchen.

Die Verfolgung führte Singh und Vikram gleichermaßen in die Herzen der Berge, wo ihre Wege auf mysteriöse Weise miteinander verflochten waren.

1. Abgelegenen Dörfern: Remote villages
2. Bankräuber: Bank robber
3. Banküberfall: Bank robbery
4. Entkam: Escaped
5. Fluchtauto: Getaway car
6. Gelang: Succeeded
7. Geschäftigen Straßen: Bustling streets
8. Geschickter Handgriff: Skillful maneuver
9. Hartnäckigkeit: Tenacity
10. Herzen der Berge: Hearts of the mountains
11. Himalaya: Himalayas
12. Komplizen: Accomplice
13. Leise: Quietly
14. Mystisches Land: Mystical land
15. Schatten: Shadow
16. Schmiedete: Devised
17. Seitenstraßen: Side streets
18. Shangri La: Shangri La
19. Sonne strahlte: Sun shone
20. Spur: Trace
21. Tatort: Crime scene
22. Tresor: Vault
23. Verfolgung: Pursuit
24. Verflochten: Intertwined
25. Vikram: Vikram
26. Wege: Paths
27. Zeugen: Witnesses

2. Reise in die Himalaya

Vikram reiste durch raues Gelände, über Bergpfade und durch Wasserläufe, die sich wild durch die Landschaft schlängelten. Sein Ziel, Shangri La, trieb ihn voran, während Singh ihm dicht auf den Fersen war.

Vikram: (zu sich selbst) Shangri La, ich komme!

Singh, der die Region gut kannte, nutzte sein Wissen, um Vikrams Spur zu verfolgen. Die Berge stellten jedoch für beide Männer eine Herausforderung dar.

Singh: (zu einem Bauern) Hast du einen Fremden gesehen? Ein Mann namens Vikram?

Bauer: Ja, er ist nach Norden gegangen, in Richtung Shangri La.

Vikram traf unterwegs auf andere Reisende, die ihm mehr über Shangri La erzählten.

Reisender 1: Shangri La ist ein magischer Ort, tief in den Bergen versteckt.

Reisender 2: Man sagt, dort findet man ewiges Glück.

Vikram wurde immer besessener von der Idee, diesen mystischen Ort zu finden. In einem kleinen Dorf fand er vorübergehend Unterschlupf.

Vikram: (zu einem Dorfbewohner) Kennt ihr einen sicheren Weg nach Shangri La?

Dorfbewohner: Folge dem Pfad zu den hohen Gipfeln, aber sei vorsichtig, Fremder.

Singh erreichte dasselbe Dorf, um Informationen zu sammeln.

Singh: (zu einem Dorfältesten) Ein Mann namens Vikram ist hier vorbeigekommen. Wohin ist er gegangen?

Dorfältester: Richtung Shangri La, aber die Gefahren sind groß.

Vikram, der Singh fürchtete, verließ das Dorf überstürzt.

Vikram: (zu seinem Begleiter) Wir müssen schneller sein. Singh ist uns auf den Fersen.

Die Landschaft wurde immer entmutigender, und Vikram kämpfte mit der Kälte und der Höhe. Doch beide Männer wurden tiefer in das Unbekannte gezogen, während die Berge ihre eigenen Geheimnisse bewahrten.

1. Bauern: Farmer
2. Begleiter: Companion
3. Bergpfade: Mountain paths
4. Dorfbewohner: Villager
5. Dorfältesten: Village elder
6. Entmutigender: Discouraging
7. Folge: Follow
8. Fremder: Stranger
9. Geheimnisse: Secrets
10. Gipfeln: Peaks
11. Herausforderung: Challenge
12. Höhe: Altitude
13. Kälte: Cold
14. Landschaft: Landscape
15. Magischer Ort: Magical place
16. Mystischen Ort: Mystical place
17. Norden: North
18. Pfad: Path
19. Raues Gelände: Rough terrain
20. Reisende: Travelers
21. Shangri La: Shangri La
22. Spur: Track
23. Überstürzt: Hastily
24. Unterschlupf: Shelter
25. Verfolgen: Follow
26. Vikram: Vikram
27. Vorübergehend: Temporarily
28. Wasserläufe: Streams
29. Wissen: Knowledge

3. Die Legende von Shangri La

Vikram und Singh wanderten weiter durch die majestätischen Himalaya-Berge und stießen auf einen weisen alten Mann.

Alter Mann: (freundlich) Ihr seid auf der Suche nach Shangri La, nicht wahr?

Vikram: Ja, kannst du uns davon erzählen?

Der alte Mann begann, von den mystischen Eigenschaften Shangri Las zu sprechen, von ewigem Glück und Frieden.

Alter Mann: Shangri La ist ein Ort jenseits dieser Welt, ein Paradies in den Bergen.

Vikram: (fasziniert) Das klingt wunderbar. Wie kommen wir dorthin?

Singh: (zweifelnd) Das klingt zu schön, um wahr zu sein.

Der alte Mann warnte die beiden vor der Gefahr ihrer Reise.

Alter Mann: Der Weg ist gefährlich, voller Prüfungen und Opfer.

Vikram, getrieben von Verzweiflung und Intrige, entschied sich, weiterzugehen.

Vikram: Wir müssen es versuchen, Singh. Shangri La könnte unsere Rettung sein.

Singh, von Pflicht und wachsender Neugier getrieben, folgte ihm. Gemeinsam erlebten sie die raue Schönheit des Himalayas.

Singh: (nachdenklich) Warum suchst du wirklich Shangri La, Vikram?

Vikram: Das Leben hat mich enttäuscht. Vielleicht finde ich dort, was ich suche.

Beide Männer standen vor inneren und äußeren Herausforderungen, während sie durch vergessene Pfade wanderten.

Vikram: (verwirrt) Ich verliere das Gefühl für die Zeit.

Singh: Diese Reise ist mehr als nur eine Verfolgung, Vikram.

Die Legende von Shangri La wurde lebendiger und verlockender. Vikram, desorientiert, begann sein Zeitgefühl zu verlieren, während Singh erkannte, dass diese Verfolgung mehr war als nur eine Jagd.

1. Desorientiert: Disoriented
2. Eigenschaften: Characteristics
3. Enttäuscht: Disappointed
4. Ewigem Glück: Eternal happiness
5. Fasziniert: Fascinated
6. Gefahr: Danger
7. Gefühl: Feeling
8. Getrieben: Driven
9. Herausforderungen: Challenges
10. Himalaya-Berge: Himalaya mountains
11. Innere: Inner
12. Jagd: Hunt
13. Lebendiger: More vivid
14. Majestätischen: Majestic
15. Nachdenklich: Thoughtful
16. Neugier: Curiosity
17. Opfer: Sacrifices
18. Paradies: Paradise
19. Pfade: Paths
20. Prüfungen: Trials
21. Rettung: Salvation
22. Schönheit: Beauty
23. Suche: Search
24. Verfolgung: Pursuit
25. Verlockender: More enticing
26. Verwirrt: Confused
27. Wandernden: Wandering
28. Weise: Wise
29. Zeitgefühl: Sense of time

4. Harte Realitäten

Die beiden Männer setzten ihre Reise fort, doch das Gelände wurde zunehmend schwierig.

Vikram: (erschöpft) Diese Berge sind wirklich hart.

Singh: (entschlossen) Wir müssen weitermachen, Vikram.

Die Nahrung und das Wasser wurden knapp, und Vikram spürte die Auswirkungen.

Vikram: Mir knurrt der Magen. Haben wir noch genug zu essen?

Singh: Wir müssen sparsam sein, aber ich kenne mich mit Überleben aus.

Auf ihrem Weg trafen sie auf gefährliche Tiere.

Vikram: (ängstlich) Schau, da drüben! Ein wildes Tier!

Singh: Bleib ruhig. Es wird uns nicht angreifen, wenn wir es nicht bedrohen.

Vikram stolperte und verletzte sich leicht, was ihn verlangsamte.

Vikram: (schmerzerfüllt) Ich habe mir das Bein verletzt.

Singh: (untersuchend) Es ist nichts Ernstes, aber wir müssen vorsichtig sein.

Während Singh Vikrams Spur immer näher kam, verschlechterte sich Vikrams geistiger Zustand durch die Einsamkeit.

Vikram: (verwirrt) Ich sehe Dinge... Visionen von Shangri La.

Singh: (besorgt) Das ist vielleicht die Höhe und die Kälte. Wir müssen eine Unterkunft finden.

Die Wetterbedingungen verschlechterten sich und machten die Reise noch schwieriger.

Singh: (kämpfend) Der Schnee erschwert die Sicht, und ich habe etwas Ausrüstung verloren.

Vikram fand eine verlassene Hütte als Unterschlupf.

Vikram: Hier können wir Schutz suchen. Es ist nicht viel, aber es wird reichen.

Während Singh gegen einen Schneesturm kämpfte, verlagerte sich Vikram bereits wieder.

Singh: (frustriert) Er ist weitergezogen. Diese Verfolgung wird schwieriger.

Die Jagd wurde zu einem Kampf gegen die Natur und die Zeit, und beide Männer wurden an ihre physischen und mentalen Grenzen gebracht.

1. Angreifen: Attack
2. Ausrüstung: Equipment
3. Auswirkungen: Effects
4. Bedrohen: Threaten
5. Besorgt: Worried
6. Einsamkeit: Loneliness
7. Erschöpft: Exhausted
8. Ernstes: Serious
9. Frustriert: Frustrated
10. Gefährliche Tiere: Dangerous animals
11. Geistiger Zustand: Mental state
12. Grenzen: Limits
13. Harte Realitäten: Harsh realities
14. Hütte: Hut
15. Kämpfend: Struggling
16. Knurrt: Growls
17. Magen: Stomach
18. Nahrung: Food
19. Physischen: Physical
20. Schmerzerfüllt: Pain-filled
21. Schneesturm: Snowstorm
22. Schutz: Shelter
23. Schwierig: Difficult
24. Sicht: Visibility

25. Sparsam: Economically
26. Stolperte: Stumbled
27. Überleben: Survive
28. Untersuchend: Examining
29. Verlassen: Abandoned
30. Verlangsamte: Slowed down
31. Verletzte: Injured
32. Verwirrt: Confused
33. Visionen: Visions
34. Weitergezogen: Moved on
35. Wetterbedingungen: Weather conditions

5. Die Entdeckung

Vikram stolpert über ein verborgenes Tal.

Vikram: (erstaunt) Schau dir das an! Ein verstecktes Tal.

Er ist überzeugt, dass er Shangri La gefunden hat.

Vikram: Das muss Shangri La sein. Ich habe es gefunden!

Das Tal ist ruhig, aber unheimlich still.

Singh entdeckt den Eingang zum Tal.

Singh: (zu sich selbst) Das ist also, wohin er gegangen ist.

Vikram erkundet das Tal und entdeckt alte Ruinen.

Vikram: Diese Ruinen müssen uralt sein. Vielleicht ist das wirklich Shangri La.

Singh folgt vorsichtig und beobachtet Vikram.

Singh: (leise) Ich muss vorsichtig sein. Wer weiß, was hier passiert ist.

Vikrams Gedanken sind von der Idee von Shangri La erfüllt.

Vikram: (aufgeregt) Hier muss es sicher sein. Shangri La ist real!

Singh denkt darüber nach, Vikram zu konfrontieren.

Singh: (nachdenklich) Sollte ich ihn jetzt festnehmen oder weiter beobachten?

Die Nacht bricht herein, und das Tal nimmt eine mystische Qualität an.

Vikram: Die Nacht hier ist anders. Friedlich.

Vikram ist überzeugt, dass er in Shangri La sicher ist.

Vikram: (zuversichtlich) Hier kann mir nichts passieren. Shangri La beschützt mich.

Singh bereitet sich darauf vor, zu handeln.

Singh: Die Isolation spielt mit ihren Köpfen. Ich sollte mich nähern.

Die Isolation beeinflusst das Urteilsvermögen beider Männer.

Vikram: (paranoid) Ich spüre, dass mich jemand beobachtet.

Ein Katz-und-Maus-Spiel beginnt im Tal.

Singh: (leise) Er weiß nicht, dass ich hier bin. Zeit, die Wahrheit aufzudecken.

Die Konfrontation zwischen Vikram und Singh wird unvermeidlich.

1. Beobachtet: Observes
2. Bereitet: Prepares
3. Bricht herein: Sets in
4. Eingang: Entrance
5. Entdeckung: Discovery
6. Erkundet: Explores
7. Erstaunt: Amazed
8. Festnehmen: Arrest
9. Friedlich: Peaceful
10. Gedanken: Thoughts
11. Handeln: Act
12. Katz-und-Maus-Spiel: Cat-and-mouse game
13. Konfrontation: Confrontation

14. Leise: Quietly
15. Mystische Qualität: Mystical quality
16. Nachdenklich: Thoughtful
17. Paranoid: Paranoid
18. Ruinen: Ruins
19. Schau: Look
20. Stolpert: Stumbles
21. Tal: Valley
22. Unheimlich: Eerily
23. Uralt: Ancient
24. Urteilsvermögen: Judgment
25. Verborgenes Tal: Hidden valley
26. Versteckt: Hidden
27. Vorsichtig: Carefully
28. Wahrheit: Truth
29. Zuversichtlich: Confident
30. Überzeugt: Convinced

6. Die Konfrontation

Singh stellt Vikram unter den Ruinen zur Rede.

Singh: (ernst) Vikram, es ist vorbei. Gib auf!

Vikram, im Delirium, weigert sich zu kapitulieren.

Vikram: (verwirrt) Nein, ich bin sicher hier. Das ist Shangri La.

Es entsteht eine angespannte Situation.

Singh: (besorgt) Du bist außer Kontrolle, Vikram. Wir müssen zurück.

Singh versucht, mit Vikram zu vernünfteln.

Singh: (ruhig) Hör mir zu, Vikram. Das hier ist real, nicht Shangri La.

Vikram, verloren in seiner Wahnvorstellung, greift Singh an.

Vikram: (aggressiv) Niemand wird mich hier wegbringen!

Ein physischer Kampf entbrennt.

Singh: (kämpfend) Vikram, beruhige dich! Das führt zu nichts.

Singh überwältigt Vikram, wird jedoch im Prozess verletzt.

Singh: (gestresst) Verdammt, Vikram, war das nötig?

Vikram, besiegt, glaubt immer noch, dass er in Shangri La ist.

Vikram: (träumend) Ich bin sicher hier. Shangri La wird mich beschützen.

Singh legt Vikram Handschellen an und plant, ihn zurückzubringen.

Singh: (entschlossen) Wir müssen zurück. Das wird nicht einfach.

Die Rückreise wird durch Singhs Verletzung erschwert.

Singh: (schmerzvoll) Mein Bein tut höllisch weh, Vikram. Du musst mir helfen.

Vikrams Zustand verschlechtert sich, sein Verstand gefangen in der Wahnvorstellung.

Vikram: (verwirrt) Shangri La wird uns den Weg zeigen. Du wirst sehen.

Sie kämpfen darum, ihren Weg zurückzufinden.

Singh: (frustriert) Wir müssen einen klaren Kopf behalten, Vikram. Unsere Überlebenschancen sind gering.

Die raue Umgebung fordert ihren Tribut von beiden Männern.

Vikram: (erschöpft) Shangri La wird uns beschützen, Singh. Du wirst sehen.

Singh erkennt die Ernsthaftigkeit ihrer Situation.

Singh: (nachdenklich) Die Realität ist unser einziger Verbündeter jetzt. Wir müssen weitermachen.

1. Angespannte: Tense
2. Angriff: Attack
3. Beschützen: Protect

4. Besiegt: Defeated
5. Beruhige: Calm down
6. Entbrennt: Erupts
7. Entschlossen: Determined
8. Ernsthaftigkeit: Seriousness
9. Erschöpft: Exhausted
10. Fordert: Demands
11. Frustriert: Frustrated
12. Gefangen: Caught
13. Gib auf: Give up
14. Hör mir zu: Listen to me
15. Kampf: Fight
16. Kapitulieren: Surrender
17. Konfrontation: Confrontation
18. Kontrolle: Control
19. Legt an: Puts on
20. Nachdenklich: Thoughtful
21. Physischer Kampf: Physical fight
22. Realität: Reality
23. Rückreise: Return journey
24. Schmerzvoll: Painful
25. Stellt zur Rede: Confronts
26. Tribut: Toll
27. Überlebenschancen: Chances of survival
28. Überwältigt: Overpowers
29. Verdammt: Damn
30. Verletzt: Injured
31. Vernünfteln: Reason
32. Verstand: Mind
33. Vikram: Vikram
34. Wahnvorstellung: Delusion
35. Wegbringen: Take away
36. Weitermachen: Continue

7. Das Ende des Traums

Singh und Vikram verirren sich in den Bergen.

Singh: (besorgt) Vikram, wir haben uns verirrt. Die Vorräte sind aufgebraucht.

Vikram: (schwach) Shangri La wird uns den Weg zeigen, Singh. Keine Sorge.

Die Vorräte gehen zur Neige, und der Hunger setzt ein.

Singh: (ernst) Vikram, wir müssen einen Ausweg finden. Die Lage wird ernst.

Vikram: (verwirrt) Mein Vertrauen in Shangri La wird uns retten.

Singh versucht, Vikram trotz seines Zustands am Leben zu halten.

Singh: (besorgt) Du musst essen, Vikram. Das ist die einzige Hilfe, die wir haben.

Vikrams Gesundheit verschlechtert sich rapide.

Vikram: (schwach) Shangri La wird mir Kraft geben. Ich spüre es.

Singh steht vor der harten Realität ihrer Situation.

Singh: (ernst) Vikram, wir müssen handeln. Shangri La kann uns hier nicht retten.

In seinem Delirium enthüllt Vikram Singh seine Lebensgeschichte.

Vikram: (träumend) Ich hatte einen Traum, Singh. Ein Traum von Shangri La.

Singh reflektiert über die Nutzlosigkeit ihrer Suche.

Singh: (nachdenklich) Ein Traum hat uns hierher geführt, Vikram. Jetzt müssen wir die Realität akzeptieren.

Ein schwerer Schneesturm trifft auf.

Singh: (besorgt) Wir müssen Schutz suchen. Der Sturm wird stark.

Vikram erliegt seinen Verletzungen und der Kälte.

Vikram: (leise) Shangri La... wird uns... schützen...

Singh, von Trauer geplagt, begräbt Vikram im Schnee.

Singh: (traurig) Ruhe in Frieden, mein Freund. Möge Shangri La dir Frieden bringen.

Singh versucht allein den Weg zurückzufinden.

Singh: (erschöpft) Die Elemente sind gegen uns. Mein Bein schmerzt. Ich hoffe, ich finde den Weg.

Die Verletzungen und das Wetter behindern Singhs Fortschritt.

Singh: (leise) Dies ist das Ende. Die Legende von Shangri La bleibt, aber zu welchem Preis?

1. Akzeptieren: Accept
2. Aufgebraucht: Depleted
3. Ausweg: Way out
4. Begräbt: Buries
5. Behindern: Hinder
6. Delirium: Delirium
7. Enthüllt: Reveals
8. Ernährung: Nutrition
9. Ernst: Serious
10. Erschöpft: Exhausted
11. Fortschritt: Progress
12. Gesundheit: Health
13. Handeln: Act
14. Hunger: Hunger
15. Lebensgeschichte: Life story
16. Leise: Quietly
17. Neige: Run out
18. Nutzenlosigkeit: Futility
19. Ruhe in Frieden: Rest in peace

20. Schmerzt: Hurts
21. Schneesturm: Snowstorm
22. Schutz: Shelter
23. Schwach: Weak
24. Schwere: Heavy
25. Suche: Search
26. Trauer: Grief
27. Traum: Dream
28. Traurig: Sad
29. Verirren: Get lost
30. Verletzungen: Injuries
31. Verschlechtert: Worsens
32. Weg: Way
33. Zustand: Condition
34. Zur Neige: Running out

Hongkong, 1940

1. Die Anspannung

Die Sonne stieg langsam über den belebten Straßen Hongkongs auf, als Inspector Lee und Sergeant Chan sich auf ihre tägliche Patrouille vorbereiteten.

Lee: Guten Morgen, Chan. Diese Straßen sind heute besonders voll.

Chan: Ja, Inspektor Lee. Viele Flüchtlinge suchen Schutz hier.

Lee: Wir müssen auf verdächtige Aktivitäten achten. Die Gerüchte über Spione werden stärker.

Chan: Verstanden, Inspektor. Was machen wir zuerst?

Lee und Chan begannen, die belebten Straßen zu durchstreifen, während sie aufmerksam die Umgebung beobachteten.

In einem kleinen Laden sprachen sie mit einem Besitzer, der möglicherweise Informationen hatte.

Lee: Guten Tag. Wir sind von der Polizei. Haben Sie etwas Ungewöhnliches bemerkt?

Ladenbesitzer: Die Flüchtlinge erzählen von Schwierigkeiten auf dem Festland, aber sonst ist hier alles ruhig.

Chan: Jede Information könnte helfen. Kennen Sie Verdächtige?

Ladenbesitzer: Nein, die meisten hier sind normale Leute.

Lee: Danke für Ihre Hilfe. Wir bleiben wachsam.

Nach einem weiteren Rundgang durch die Straßen erhielten sie einen Tipp über ein mögliches Versteck.

Chan: Inspektor, wir haben einen Tipp über ein verdächtiges Versteck.

Lee: Gut, lass uns dorthin gehen. Aber sei vorsichtig, Chan.

Chan: Immer, Inspektor. Wir kriegen diese Spione.

Lee: Hoffentlich. Aber sie sind schlau, also müssen wir schlauer sein.

Die Spannung stieg, während sie sich dem verdächtigen Versteck näherten, bereit, den Geheimnissen in den Straßen von Hongkong auf den Grund zu gehen.

1. Anspannung: Tension
2. Aufmerksam: Attentively
3. Belebten Straßen: Busy streets
4. Besitzer: Owner
5. Durchstreifen: Patrol
6. Flüchtlinge: Refugees
7. Gerüchte: Rumors
8. Geheimnissen: Secrets
9. Ladenbesitzer: Shop owner
10. Mögliches Versteck: Possible hideout
11. Patrouille: Patrol
12. Rundgang: Round
13. Schlau: Clever
14. Schutz: Protection
15. Spannung: Suspense
16. Spione: Spies
17. Stieg: Rose
18. Tipp: Tip
19. Ungewöhnliches: Unusual
20. Verdächtige: Suspects
21. Verdächtige Aktivitäten: Suspicious activities
22. Versteck: Hideout
23. Vorsichtig: Careful
24. Wachsam: Vigilant

2. Die Versteckten Botschaften

Lee und Chan erhielten Berichte über codierte Nachrichten, die auf dem Markt übergeben wurden. Sie mischten sich unauffällig unter die Menschenmenge, um die Situation zu beobachten.

Lee: Chan, halte Ausschau nach verdächtigem Verhalten. Hier könnten die Spione aktiv sein.

Chan: Verstanden, Inspektor. Lassen Sie uns in der Menschenmenge aufgehen.

Während sie den Markt beobachteten, entdeckte Lee einen Mann, der sich verdächtig verhielt.

Lee: Chan, siehst du den Mann da? Er benimmt sich seltsam.

Chan: Ja, Inspektor. Wir sollten ihm unauffällig folgen.

Sie verfolgten den Mann durch die belebten Straßen, bis er sich mit einer anderen Person in einer ruhigen Gasse traf.

Lee: Chan, lass uns näherkommen und zuhören. Vielleicht können wir verstehen, was sie besprechen.

Chan: Aber Inspektor, sie sprechen in Code. Das wird schwierig.

Entschlossen beschlossen sie, den Mann zur Befragung mit auf die Station zu nehmen.

Lee: Sie bleiben besser kooperativ. Wir wissen, dass hier etwas im Gange ist.

Mann: (schweigt)

In der Tasche des Mannes fand Chan eine codierte Nachricht.

Chan: Inspektor, hier ist eine codierte Nachricht. Das ist komplizierter, als ich dachte.

Lee: Ich werde sie die ganze Nacht entschlüsseln. Hoffentlich gibt sie uns Aufschluss über ihre Pläne.

Nach einer langen Nacht der Arbeit entschlüsselte Lee die Nachricht.

Lee: Chan, diese Nachricht deutet auf eine groß angelegte Spionageoperation hin. Das ist ernster als erwartet.

Chan: Was machen wir jetzt, Inspektor?

Um keine Aufmerksamkeit zu erregen, beschloss Lee, die Festnahme geheim zu halten.

Lee: Chan, wir dürfen niemandem von der Festnahme erzählen. Wir wollen die größeren Fische fangen.

Chan: Verstanden, Inspektor. Wir bleiben im Schatten.

Den Mann freizulassen, hofften sie, ihn zu einem größeren Netzwerk zu führen.

Lee: Chan, wir lassen ihn gehen. Aber wir behalten ihn im Auge. Wir müssen die Spannung hochhalten.

Chan: Diese Spione werden nicht wissen, was sie erwartet.

Die beiden Ermittler vertieften sich weiter in die Welt der Spionage, sich der wachsenden Bedrohung bewusst und bereit, dem Geheimnis auf den Grund zu gehen.

1. Auffällig: Conspicuously
2. Aufgehen: Blend in
3. Ausschau: Lookout
4. Belebten Straßen: Busy streets
5. Befragung: Interrogation
6. Benimmt: Behaves
7. Berichte: Reports

8.   Besprechen: Discuss
9.   Codierten Nachrichten: Coded messages
10. Entdeckte: Discovered
11. Entschlossen: Determined
12. Entschlüsseln: Decode
13. Ermittler: Investigators
14. Festnahme: Arrest
15. Folgten: Followed
16. Freizulassen: Release
17. Gasse: Alley
18. Geheim: Secret
19. Gespräch: Conversation
20. Menschenmenge: Crowd
21. Nachricht: Message
22. Ruhen: Quiet
23. Schatten: Shadows
24. Seltsam: Strange
25. Spannung: Tension
26. Spione: Spies
27. Tasche: Pocket
28. Unaufdringlich: Inconspicuously
29. Verdächtigem Verhalten: Suspicious behavior
30. Verfolgten: Pursued
31. Zuhören: Listen

3. Eine Wendung des Geschehens

Lees Team verstärkt die Überwachung in der Stadt. Die Flüchtlinge strömen weiterhin herein und tragen zum Chaos bei.

Lee: Chan, wir müssen auf alles vorbereitet sein. Die Spione könnten jeden Moment zuschlagen.

Chan: Ja, Inspektor. Wir behalten jeden im Auge.

Ein vertrauenswürdiger Informant kontaktiert Lee mit dringenden Neuigkeiten.

Informant: Inspektor Lee, es gibt eine große Besprechung in Kürze. Ihr müsst dabei sein.

Lee: Danke für die Information. Wir werden uns vorbereiten.

Lee und Chan rüsten sich für die Besprechung. Sie positionieren sich an einem unauffälligen Ort mit klarer Sicht.

Chan: Inspektor, da sind einige hochrangige Leute. Einer davon ist ein bekannter Geschäftsmann.

Lee: Wir müssen hören, was sie besprechen. Es könnte wichtig sein.

Plötzlich wird die Besprechung von einer unbekannten Gruppe gestört.

Chan: Inspektor, da passiert etwas. Sieht aus wie Ärger.

Lee: Schnell, wir müssen näher ran. Das könnte unsere Chance sein.

Ein Handgemenge bricht aus, Schüsse werden abgefeuert. Lee und Chan eilen herbei, aber die Angreifer entkommen.

Chan: Sie sind weg, Inspektor. Aber hier ist einer von ihnen, verletzt.

Lee: Wir müssen ihn befragen. Vielleicht erfahren wir mehr über ihre Pläne.

Lee befragt den verletzten Mann intensiv.

Lee: Sprich! Was habt ihr vor?

Verletzter Mann: (gesteht) Wir planen einen Sabotageakt. Ihr könnt es nicht stoppen!

Die Jagd beginnt, um eine Katastrophe in Hongkong zu verhindern.

Lee: Chan, wir müssen schnell handeln. Die Zeit läuft ab.

Chan: Ich bin bereit, Inspektor. Wir werden sie stoppen.

Die beiden Ermittler setzen alles daran, die drohende Gefahr abzuwenden und die Sicherheit Hongkongs zu gewährleisten.

1. Abgefeuert: Fired
2. Abzuwenden: Avert
3. Angreifer: Attackers
4. Besprechung: Meeting
5. Befragt: Interrogates
6. Bereit: Ready
7. Besprechung: Meeting
8. Drohende Gefahr: Imminent danger
9. Eilen: Hurry
10. Entkommen: Escape
11. Flüchtlinge: Refugees
12. Geschäftsmann: Businessman
13. Gesteht: Confesses
14. Handgemenge: Scuffle
15. Hochrangige: High-ranking
16. Jagd: Hunt
17. Katastrophe: Catastrophe
18. Positionieren: Position
19. Sabotageakt: Act of sabotage
20. Schnell: Quickly
21. Sicherheit: Safety
22. Sprich: Speak
23. Stadt: City
24. Strömen: Flow
25. Überwachung: Surveillance
26. Unauffälligen Ort: Inconspicuous place
27. Verletzter Mann: Injured man
28. Vertrauenswürdiger: Trustworthy
29. Verstärkt: Reinforces

30. Vorbereiten: Prepare
31. Weg: Away
32. Wichtig: Important
33. Zuschlagen: Strike

4. Die Verfolgung

Lee und Chan beeilen sich, um den Sabotageakt zu verhindern.

Lee: Chan, wir müssen schnell handeln, sonst ist Hongkong in Gefahr.

Chan: Ich verstehe, Inspektor. Lass uns alles tun, um sie zu stoppen.

Sie koordinieren sich mit anderen Einheiten der Kriminalpolizei in der Stadt.

Lee: Alle Einheiten, hört zu! Wir müssen das Hauptkommunikationszentrum schützen.

Einheitsmitglied: Verstanden, Inspektor Lee. Wir sind bereit.

Die Straßen sind überfüllt, was ihre Reise erschwert.

Chan: Inspektor, wir kommen kaum durch. Die Straßen sind total verstopft.

Lee: Nutze dein lokales Wissen, Chan. Finde uns einen schnelleren Weg.

Sie kommen gerade rechtzeitig an, um verdächtige Personen zu sehen.

Lee: Da sind sie! Schnell, wir dürfen sie nicht entkommen lassen.

Chan: Ich kenne einen Abkürzungsweg, folge mir!

Es folgt eine Verfolgungsjagd durch enge Gassen und über Dächer.

Lee: Pass auf, Chan! Sie schießen!

Chan: Ich gebe mein Bestes, Inspektor. Wir dürfen nicht aufgeben.

Lee entgeht nur knapp den Schüssen.

Lee: Das war knapp! Halte dich bedeckt, Chan.

Chan: Wir haben einen von ihnen erwischt. Er hat Sprengstoff bei sich.

Der Saboteur weigert sich während der Befragung zu sprechen.

Lee: Sprich! Wo ist euer nächstes Ziel?

Saboteur: (schweigt) Ihr werdet es sowieso nicht verhindern können.

Lee deduziert den Ort des nächsten Ziels.

Lee: Chan, ich weiß, wo sie als Nächstes zuschlagen werden. Bereiten wir einen richtigen Plan vor.

Chan: Ich stehe bereit, Inspektor. Wir werden sie schnappen.

Die Spannung steigt, als die Zeit für den nächsten Angriff näher rückt.

Lee: Sei bereit, Chan. Der Erfolg Hongkongs liegt in unseren Händen.

Chan: Wir warten und hoffen das Beste, Inspektor.

Die beiden Ermittler setzen alles daran, die Saboteure zu fassen und die Sicherheit der Stadt zu gewährleisten.

1. Abkürzungsweg: Shortcut
2. Angriff: Attack
3. Bedacht: Covered
4. Befragung: Interrogation
5. Bereit: Ready
6. Bestes: Best
7. Dachboden: Attic
8. Dächer: Roofs
9. Deduziert: Deduces
10. Einen von ihnen erwischt: Caught one of them
11. Einheitsmitglied: Unit member
12. Enge Gassen: Narrow alleys
13. Erfolg: Success
14. Erwischt: Caught
15. Finde uns: Find us
16. Folge mir: Follow me
17. Gefahr: Danger
18. Halte dich bedeckt: Keep covered
19. Handeln: Act
20. Hauptkommunikationszentrum: Main communication center
21. Knapp: Close
22. Kriminalpolizei: CID
23. Lokales Wissen: Local knowledge
24. Nächstes Ziel: Next target
25. Rechtzeitig: Just in time
26. Richtigen Plan: Proper plan
27. Saboteur: Saboteur
28. Sabotageakt: Act of sabotage
29. Schneller Weg: Faster way
30. Schützen: Protect
31. Schwierig: Difficult
32. Sprengstoff: Explosives
33. Steht bereit: Stands ready
34. Straßen: Streets
35. Total verstopft: Totally clogged
36. Verhindern: Prevent
37. Verfolgungsjagd: Chase

38. Versteht: Understands
39. Weigert: Refuses
40. Zu sprechen: To speak
41. Zuschlagen: Strike

5. Die verdeckte Operation

Um in den Spionagering einzudringen, geht Lee undercover.

Chan: Lee, das ist gefährlich. Sei vorsichtig.

Lee: Mach dir keine Sorgen, Chan. Wir müssen die Spione schnappen.

Lee gibt sich als korrupter Beamter aus, der bereit ist, Informationen zu verkaufen.

Lee: Hallo, ich habe gehört, du suchst nach Informationen. Ich kann dir helfen.

Kontakt: Was garantiert mir, dass du vertrauenswürdig bist?

Lee trifft sich mit dem Kontakt in einem zwielichtigen Teil der Stadt.

Chan: (am Funkgerät) Halte uns auf dem Laufenden, Lee. Pass auf dich auf.

Lee: Keine Sorge, Chan. Ich mache das schon eine Weile.

Der Kontakt ist misstrauisch, akzeptiert aber schließlich Lees Angebot.

Kontakt: Du scheinst in Ordnung zu sein. Lass uns reden.

Lee: (lächelt) Das dachte ich mir.

Lee wird zu einem geheimen Treffen eingeladen.

Chan: (am Funkgerät) Wir haben das Treffen im Blick, Lee. Bleib ruhig.

Lee: Ich bleibe ruhig. Hier geht es los.

Chan und andere Beamte überwachen das Treffen aus der Ferne.

Kollege: Was passiert da drüben?

Chan: Ich weiß es nicht, aber wir müssen bereit sein, einzugreifen.

Das Treffen enthüllt einen Plan zur Störung der Verteidigung von Hongkong.

Lee: (denkt) Das ist wertvolle Information. Hoffentlich merken sie nicht, dass ich ein Ermittler bin.

Kontakt: Wir müssen sicherstellen, dass dieser Plan funktioniert.

Lee sammelt wichtige Informationen, aber sein Deckmantel ist beinahe aufgeflogen.

Chan: (am Funkgerät) Lee, komm hier raus! Wir haben genug.

Lee: (flüsternd) Verdammt, das war knapp.

Nach dem Treffen entkommt Lee knapp.

Chan: (am Funkgerät) Bist du in Sicherheit, Lee?

Lee: Ja, ich bin auf dem Weg zum Treffpunkt. Wir müssen eine Razzia planen.

Lee und Chan planen eine Razzia auf Grundlage der erhaltenen Informationen.

Lee: Wir müssen schnell handeln, bevor sie misstrauisch werden.

Chan: Wir haben den Überraschungseffekt auf unserer Seite.

Die Razzia auf das Hauptquartier der Spione erfolgt bei Tagesanbruch.

Chan: (am Funkgerät) Die Razzia hat begonnen. Bleibt in Position.

Lee: Lasst uns diese Spione schnappen und die Stadt schützen.

Die Razzia ist erfolgreich, aber der Anführer entkommt.

Lee: (denkt) Wir haben wichtige Dokumente und Kommunikationsausrüstung sichergestellt, aber der Anführer ist noch frei.

Chan: Wir haben sie zumindest geschwächt.

Die Kriminalpolizei feiert den Erfolg, aber Lee weiß, dass der Anführer immer noch da draußen ist.

Lee: (ernst) Die Arbeit ist noch nicht vorbei, Chan. Der Anführer muss gestoppt werden.

Chan: Wir werden ihn finden, Lee. Zusammen schaffen wir das.

1. Anführer: Leader
2. Beamter: Official
3. Bereit: Ready
4. Deckmantel: Cover
5. Denkt: Thinks
6. Eingreifen: Intervene
7. Einzudringen: Infiltrate
8. Erfolg: Success
9. Erhaltenen Informationen: Obtained information

10. Feiert: Celebrates

11. Flüsternd: Whispering

12. Funkgerät: Radio

13. Gefährlich: Dangerous

14. Geheimen Treffen: Secret meeting

15. Gesammelt: Gathered

16. Geschwächt: Weakened

17. Hauptquartier: Headquarters

18. In Sicherheit: In safety

19. Kollege: Colleague

20. Kommunikationsausrüstung: Communication equipment

21. Korrupter: Corrupt

22. Misstrauisch: Suspicious

23. Razzia: Raid

24. Sammelt: Collects

25. Schützen: Protect

26. Spione: Spies

27. Störung: Disruption

28. Tagesanbruch: Daybreak

29. Treffpunkt: Meeting point

30. Treten: Occur

31. Treffen: Meeting

32. Treffen: Meeting

33. Überwachen: Monitor

34. Überraschungseffekt: Element of surprise

35. Verdächtige Personen: Suspicious persons

36. Verteidigung: Defense

37. Vertrauenswürdig: Trustworthy

38. Versteckte Operation: Covert operation

39. Wertvolle: Valuable

40. Zwielichtigen Teil: Shady part

6. Die Falle des Anführers

Der entkommene Anführer wird zu Lees Hauptaugenmerk.

Lee: Chan, ich habe einen Tipp über den Aufenthaltsort des Anführers bekommen.

Chan: Wir sollten vorsichtig sein, Lee. Es könnte eine Falle sein.

Lee vermutet, dass es eine Falle sein könnte, entscheidet sich jedoch für die Untersuchung.

Lee: Wir müssen ihn stoppen, Chan. Lass uns dorthin gehen.

Chan: Aber sei auf der Hut. Wir wissen nicht, was uns erwartet.

Chan besteht darauf, Lee zu begleiten.

Chan: Lee, wir sind Partner. Ich gehe mit dir.

Lee: Gut, aber pass auf dich auf.

Sie kommen an einem verlassenen Lagerhaus an.

Chan: (flüsternd) Hier ist es. Die Atmosphäre ist gespannt.

Lee: Sei bereit für alles, Chan.

Sie werden von bewaffneten Männern überfallen.

Angreifer: Ihr habt euch zu weit vorgewagt. Jetzt werdet ihr bezahlen!

Chan: (laut) Wir werden sehen.

Ein heftiges Feuergefecht bricht aus.

Lee: (rufend) Wir müssen uns verteidigen, Chan! Bleib in Deckung!

Chan: Ich bin dabei, Lee!

Lee und Chan kämpfen zurück, sind aber in der Unterzahl.

Chan: Die sind zu viele, Lee! Wir müssen uns etwas einfallen lassen.

Lee: Wir dürfen nicht aufgeben. Wir schaffen das.

Sie schaffen es, mehrere Angreifer auszuschalten.

Lee: (an Chan) Gut gemacht, Partner. Wir müssen weiter.

Chan: Aber der Anführer ist noch da draußen.

Der Anführer zeigt sich, hält eine Geisel in der Hand.

Anführer: Ihr habt keine Chance. Lasst uns gehen, oder die Geisel wird leiden.

Lee: (besonnen) Lass uns eine Lösung finden. Wir wollen niemanden verletzen.

Die Situation eskaliert, und die Geisel wird verletzt.

Chan: (entsetzt) Lee, wir müssen etwas tun!

Lee: (entschlossen) Jetzt reicht es!

In einem Augenblick der Entscheidung feuert Lee einen riskanten Schuss ab.

Lee: (denkt) Das muss klappen.

Anführer: (schreit auf) Aah!

Der Anführer wird getroffen, die unmittelbare Bedrohung ist beendet.

Lee: Wir haben es geschafft, Chan. Die Stadt ist sicher.

Chan: (erleichtert) Endlich. Aber zu welchem Preis?

Die Nachwirkungen: Die Geisel wird gerettet, ist aber verletzt.

Sanitäter: Wir kümmern uns um die Verletzten. Ihr habt Großes geleistet.

Lee: (nachdenklich) Aber zu welchem Preis?

1. Angreifer: Attackers
2. Anführer: Leader
3. Aufenthaltsort: Location
4. Ausgeschaltet: Eliminated
5. Begleiten: Accompany
6. Bewaffneten Männern: Armed men
7. Deckung: Cover
8. Entkommene: Escaped
9. Entschlossen: Determined
10. Entsetzt: Horrified
11. Erleichtert: Relieved
12. Eskaliert: Escalates
13. Feuergefecht: Gunfight
14. Flüsternd: Whispering
15. Folgen: Follow
16. Geisel: Hostage
17. Gerettet: Rescued
18. Gespannt: Tense
19. Hauptaugenmerk: Main focus
20. Lagerhaus: Warehouse
21. Laut: Loud
22. Nachwirkungen: Aftermath
23. Pass auf dich auf: Take care of yourself
24. Riskanten Schuss: Risky shot
25. Rufend: Calling
26. Sanitäter: Paramedic
27. Schaffen: Manage
28. Schreit auf: Screams
29. Tipp: Tip
30. Unmittelbare Bedrohung: Immediate threat
31. Unterzahl: Outnumbered

32. Verlassenen: Abandoned
33. Verletzten: Injured
34. Verletzt: Injured
35. Verteidigen: Defend
36. Vorgewagt: Ventured
37. Vorsichtig: Careful
38. Wissen: Know
39. Zurück: Back
40. Zu welchem Preis?: At what cost?

7. Die Nachwirkungen

Nach der Rettung ist die Geisel gerettet, aber verletzt.

Sanitäter: Wir bringen die Verletzten ins Krankenhaus. Gute Arbeit, Inspektor Lee.

Lee: (bescheiden) Es war Teamarbeit.

Lee wird als Held gefeiert, aber er fühlt sich zwiegespalten.

Bürger: Inspektor Lee, Sie haben die Stadt gerettet!

Lee: (nachdenklich) Aber zu welchem Preis?

Das Spionagenetzwerk in Hongkong wird zerschlagen.

Beamter: Die Operation war erfolgreich. Die Spione sind entlarvt.

Chan: (stolz) Unsere harte Arbeit hat sich ausgezahlt, Partner.

Die Stadt kehrt langsam zur Normalität zurück.

Bürger: Endlich können wir wieder aufatmen.

Lee: Aber wir dürfen nicht nachlassen. Die Gefahr ist noch nicht vorbei.

Lee reflektiert über die Kosten ihres Sieges.

Lee: Der Preis des Friedens ist manchmal hoch.

Chan: Wir haben unser Bestes getan, Lee.

Chan wird für seine Tapferkeit ausgezeichnet.

Offizieller: Sergeant Chan, Ihr Mut verdient Anerkennung.

Chan: Danke, aber ich hätte ohne Lee nichts erreicht.

Lee besucht die verletzte Geisel, um Unterstützung zu bieten.

Lee: Wie geht es Ihnen?

Geisel: Danke, Inspektor. Ohne Sie wäre ich verloren.

Das CID analysiert die wiedererlangten Dokumente.

Analyst: Hier sind Verbindungen zu einem größeren Netzwerk.

Lee: Das ist erst der Anfang. Wir müssen wachsam bleiben.

Lee schwört, Hongkong weiter zu schützen.

Lee: Die Schlacht gegen die Spionage hört nicht auf. Wir müssen bereit sein.

Chan: Wir sind bereit, Partner.

Die Stadt ehrt das CID für ihren Dienst.

Bürgermeister: Inspektor Lee und das CID, wir danken Ihnen.

Lee: (ernst) Aber der Krieg ist noch nicht vorbei.

Lee und Chan stärken ihre Partnerschaft.

Chan: Auf viele weitere erfolgreiche Missionen, Lee.

Lee: Auf die Zukunft, Chan.

Trotz des Erfolgs schwebt die Bedrohung des Krieges über Hongkong.

Lee: Wir müssen wachsam bleiben. Die Gefahr ist überall.

Chan: Wir sind bereit, Lee.

1. Analyst: Analyst
2. Anerkennung: Recognition
3. Ausgezeichnet: Honored
4. Beamter: Official
5. Bescheiden: Modestly
6. Bürger: Citizen
7. Bürgermeister: Mayor
8. CID: CID (Criminal Investigation Department)
9. Ehrt: Honors
10. Entlarvt: Unmasked
11. Erfolgreiche: Successful
12. Erreicht: Achieved
13. Frieden: Peace
14. Gefahr: Danger
15. Geisel: Hostage
16. Gerettet: Saved
17. Harte Arbeit: Hard work
18. Krankenhaus: Hospital
19. Krieg: War
20. Kosten: Costs
21. Mut: Courage
22. Nachlassen: Let down
23. Nachwirkungen: Aftermath
24. Netzwerk: Network
25. Normalität: Normality
26. Offizieller: Official
27. Partnerschaft: Partnership
28. Preis: Price

29. Reflektiert: Reflects
30. Rettung: Rescue
31. Sanitäter: Paramedic
32. Schlacht: Battle
33. Spionagenetzwerk: Spy network
34. Stärken: Strengthen
35. Tapferkeit: Bravery
36. Unterstützung: Support
37. Verbindungen: Connections
38. Verletzte: Injured
39. Wiedererlangten: Regained
40. Zerschlagen: Dismantled
41. Zu welchem Preis?: At what cost?
42. Zurückkehrt: Returns
43. Zwiegespalten: Ambivalent

Gefahr in Berlin

1. Der Geheimnisvolle Brief

Es war ein grauer Tag in Ost-Berlin im Jahr 1978. Herr Müller, ein Ermittler mit einem scharfen Verstand, betrat sein Büro und fand einen geheimnisvollen Brief auf seinem Schreibtisch. Der Brief war voller kryptischer Codes und seltsamer Andeutungen.

Müller: Was haben wir hier? Ein mysteriöser Brief. Das könnte interessant werden.

Müller, neugierig wie immer, begann sofort, die Herkunft des Briefes zu untersuchen.

Müller: (zu einem Kollegen) Hast du irgendetwas Verdächtiges bemerkt?

Kollege: Nein, nichts Besonderes. Aber wer schreibt schon solche seltsamen Briefe?

Er sprach mit seinen Kollegen, um mögliche Verdächtige zu identifizieren.

Müller: (zu einem anderen Kollegen) Kennst du jemanden, der in letzter Zeit komisch agiert hat?

Kollege 2: Hmm, ich kann mich nicht erinnern. Vielleicht sollten wir die Stasi informieren.

Dabei stieß er auf Anzeichen von geheimen Machenschaften innerhalb der Stasi, der ostdeutschen Geheimpolizei.

Müller: (zu sich selbst) Die Stasi könnte in das verwickelt sein. Hier geht etwas Größeres vor.

In Gesprächen mit scheinbar unschuldigen Kollegen versuchte Müller, mehr über den mysteriösen Brief herauszufinden. Doch schon bald stieß er auf erste Hindernisse, als einige Kollegen schweigsam wurden.

Müller: (zu einem Kollegen) Was weißt du über diesen Brief?

Kollege 3: Ich weiß von nichts. Vielleicht übertreibst du.

Müllers Entschlossenheit, die Wahrheit ans Licht zu bringen, wuchs mit jedem neuen Rätsel. In der Nacht überwachte er sein Büro, in der Hoffnung, den Briefschreiber zu fassen. Dabei wagte er sich auch in dunkle Gassen, um Informationen von Informanten zu sammeln.

Müller: (zu einem Informanten) Ich habe hier einen seltsamen Brief. Weißt du etwas darüber?

Informant: Oh, das klingt gefährlich. Ich habe Gerüchte über Spionage gehört.

Der Verdacht fiel schließlich auf einen mysteriösen Agenten mit dem Codenamen „Schatten". Müller stand vor einem Rätsel und wusste, dass seine Reise in die Welt der Spionage gerade erst begonnen hatte.

1. Anzeichen: Signs
2. Begonnen: Begun
3. Brief: Letter
4. Briefschreiber: Letter writer
5. Codename: Codename
6. Ermittler: Investigator
7. Entschlossenheit: Determination
8. Geheim: Secret
9. Geheimnisvolle: Mysterious
10. Geheimpolizei: Secret police
11. Gerüchte: Rumors
12. Grauer Tag: Grey day
13. Herkunft: Origin
14. Hindernisse: Obstacles
15. Informanten: Informants
16. Kollege: Colleague
17. Kollegen: Colleagues
18. Kryptischer: Cryptic
19. Machenschaften: Schemes
20. Mysteriös: Mysterious
21. Neugierig: Curious
22. Ost-Berlin: East Berlin

23. Rätsel: Puzzle
24. Schatten: Shadow
25. Schreibt: Writes
26. Schweigsam: Silent
27. Seltsame: Strange
28. Seltsamen Briefe: Strange letters
29. Spionage: Espionage
30. Übertreibst: Exaggerate
31. Verdacht: Suspicion
32. Verwickelt: Involved
33. Wahrheit: Truth

2. Das Doppelspiel

Müller setzte seine Recherche über den Agenten mit dem Codenamen „Schatten" fort. Er entdeckte ein komplexes Netz von Doppelspionen innerhalb der Stasi.

Müller: Ich muss vorsichtig sein, um nicht in die Falle zu tappen.

In einem Café traf er sich mit einem Informanten, der sich entfremdet hatte.

Informant: Ich habe Gerüchte über einen geheimen Treffpunkt gehört.

Müller: Wo ist dieser Treffpunkt?

Bewaffnet mit diesem Hinweis versuchte Müller, den geheimen Treffpunkt zu observieren. Er lauschte heimlich einem Gespräch über politische Intrigen.

Unbekannte Stimme: Das Attentat wird alles ändern.

Der Verdacht gegen einen hohen Stasi-Beamten erhärtete sich.

Müller: (zu einem Kollegen) Hast du von einem Attentat gehört?

Kollege: Nein, aber sei vorsichtig. Die Wände haben Ohren.

Müller geriet tiefer in die gefährliche Welt der Geheimdienste. Eine mysteriöse Person warnte ihn vor den Konsequenzen.

Mysteriöse Stimme: Du spielst mit dem Feuer, Müller. Sei auf der Hut.

Er erfuhr von einem geplanten Attentat und wandte sich an loyale Kollegen, die ihn unterstützten.

Müller: Wir müssen das Attentat verhindern. Zusammen schaffen wir das.

Doch Müller wurde von einer unbekannten Kraft bedroht, die versuchte, ihn von seiner Mission abzubringen.

Bedrohliche Stimme: Dein Eingreifen wird Konsequenzen haben.

Trotz der Bedrohungen fand Müller Beweise für das geplante Attentat. Die Spannung stieg, als er verzweifelt versuchte, die Katastrophe zu verhindern.

Müller: (zu einem Verbündeten) Wir müssen handeln, bevor es zu spät ist.

Das Kapitel endete mit einem unerwarteten Bündnis, das die Hoffnung auf Veränderung in dieser undurchsichtigen Welt entfachte.

1. Attentat: Assassination
2. Bedrohliche Stimme: Threatening voice
3. Bewaffnet: Armed
4. Bündnis: Alliance
5. Doppelspiel: Double play
6. Doppelspionen: Double agents
7. Eingreifen: Intervention
8. Entdeckte: Discovered
9. Entfremdet: Estranged
10. Erhärtete: Solidified
11. Erfuhr: Learned
12. Falle: Trap
13. Gefährliche Welt: Dangerous world
14. Geheimdienste: Intelligence services
15. Geheimen Treffpunkt: Secret meeting point

16. Gerüchte: Rumors
17. Handeln: Act
18. Hinweis: Hint
19. Intrigen: Intrigues
20. Katastrophe: Catastrophe
21. Komplexes Netz: Complex network
22. Konsequenzen: Consequences
23. Lauschte: Listened
24. Loyale Kollegen: Loyal colleagues
25. Mysteriöse Person: Mysterious person
26. Observieren: Observe
27. Politische: Political
28. Recherche: Research
29. Schatten: Shadow
30. Spannung: Tension
31. Stasi-Beamten: Stasi official
32. Treffpunkt: Meeting point
33. Unbekannte Stimme: Unknown voice
34. Unerwarteten: Unexpected
35. Undurchsichtigen Welt: Opaque world
36. Verbündeten: Ally
37. Verhindern: Prevent
38. Wände: Walls

3. Die Dunkle Allianz

Müller konnte einen widerwilligen Informanten für seine Sache gewinnen.

Müller: Wir müssen zusammenarbeiten, um die Wahrheit heraus

zufinden.

Informant: Das ist gefährlich, aber ich bin dabei.

Die beiden begannen gemeinsame Ermittlungen, um die Drahtzieher hinter dem geheimnisvollen Brief zu identifizieren.

Müller: Wir müssen vorsichtig sein und unsere Spuren verwischen.

Während ihrer Recherche enthüllten sie eine dunkle Allianz innerhalb der Regierung.

Informant: Das erklärt die Geheimnistuerei. Aber wer steckt dahinter?

Müller führte Gespräche mit Whistleblowern, die bereit waren, Informationen preiszugeben.

Whistleblower: Die Dunkle Allianz hat ihre Finger in vielen Dingen.

Durch diese Quellen erfuhr Müller von geheimen Experimenten, die im Dienst der Stasi durchgeführt wurden.

Müller: Das erklärt die Codes im Brief. Es ist größer als wir dachten.

Die Dunkle Allianz erfuhr von Müllers Ermittlungen und plante, ihn auszuschalten.

Agent der Dunklen Allianz: Müller darf nicht weitergraben. Eliminiert ihn!

Es folgte eine Verfolgungsjagd durch die Straßen von Ost-Berlin.

Müller: (zu Widerstandskämpfern) Ich brauche eure Hilfe, um zu entkommen!

Müller führte Gespräche mit Widerstandskämpfern, die entschlossen waren, ihn zu schützen.

Widerstandskämpfer: Wir stehen auf deiner Seite, Müller.

Inmitten der Flucht enttarnte Müller einen Verräter in seinen eigenen Reihen.

Müller: Jemand von uns arbeitet für die Dunkle Allianz!

Ein mysteriöses Treffen enthüllte schließlich die wahren Drahtzieher hinter den dunklen Machenschaften.

Drahtzieher: Ihr könnt uns nicht stoppen. Unser Einfluss ist allgegenwärtig.

Müller stand vor einer gefährlichen Entscheidung.

Müller: Die Wahrheit muss ans Licht, koste es, was es wolle.

Die Flucht vor den Agenten der Dunklen Allianz wurde immer spannender.

Müller: Wir müssen ihren Plänen einen Schritt voraus sein.

Müller erhielt einen Einblick in die Hintergründe der geheimen Experimente.

Müller: Das erklärt die mysteriösen Codes. Sie spielen Gott.

Die Entdeckung einer Liste mit potenziellen Opfern schockierte Müller.

Müller: Wir müssen sie stoppen, bevor noch mehr Unschuldige leiden.

Das Kapitel endete mit Müllers Entschlossenheit, die Dunkle Allianz zu stoppen.

Müller: Ich werde nicht ruhen, bis diese Verschwörung aufgedeckt ist.

1. Allgegenwärtig: Omnipresent
2. Allianz: Alliance
3. Ausschalten: Eliminate
4. Bereit: Ready
5. Dienst: Service
6. Drahtzieher: Mastermind
7. Dunkle Allianz: Dark Alliance
8. Einblick: Insight
9. Eliminiert: Eliminate
10. Entdeckung: Discovery
11. Entschlossenheit: Determination
12. Enttarnte: Unmasked
13. Entkommen: Escape
14. Erhielt: Received
15. Ermittlungen: Investigations
16. Flucht: Escape
17. Gefährlich: Dangerous

18. Geheimnistuerei: Secrecy
19. Gemeinsame: Joint
20. Gespräche: Conversations
21. Hintergründe: Backgrounds
22. Identifizieren: Identify
23. Leiden: Suffer
24. Opfern: Victims
25. Potenziellen: Potential
26. Preiszugeben: Disclose
27. Reihen: Ranks
28. Schritt: Step
29. Spuren: Traces
30. Stoppen: Stop
31. Treue: Loyalty
32. Unschuldige: Innocents
33. Verfolgungsjagd: Chase
34. Verschwörung: Conspiracy
35. Verräter: Traitor
36. Wahrheit: Truth
37. Widerstandskämpfern: Resistance fighters
38. Widerwilligen: Reluctant
39. Zusammenarbeiten: Collaborate
40. Zuvorkommen: Preempt

4. Der Showdown

Müller hatte einen gewagten Plan gefasst, um die Dunkle Allianz zu infiltrieren.

Müller: Wir müssen ihre Pläne von innen heraus vereiteln.

Er traf Vorbereitungen für das finale Treffen.

Loyal Kollege: Wir stehen alle hinter dir, Müller. Für die Wahrheit!

Gespräche mit loyalen Kollegen, die sich dem Widerstand anschließen wollten, verstärkten Müllers Entschlossenheit.

Müller: Gemeinsam sind wir stark. Lasst uns die Dunkle Allianz aufhalten.

Die Infiltration des geheimen Hauptquartiers der Dunklen Allianz begann.

Müller: Pass auf, dass du nicht entdeckt wirst. Wir müssen leise vorgehen.

Bei der Konfrontation mit dem Anführer der Dunklen Allianz entfaltete sich ein dramatischer Showdown.

Anführer: Ihr könnt unsere Pläne nicht durchkreuzen!

Gespräche über die wahre Natur der geheimen Experimente ergaben schockierende Erkenntnisse.

Müller: Ihr spielt mit dem Leben der Menschen. Das wird nicht ungestraft bleiben.

Müller entdeckte die Identität des Briefschreibers.

Briefschreiber: Ich hatte keine Wahl. Sie hielten meine Familie als Geisel.

Der Anführer enthüllte seine Beweggründe und Ziele.

Anführer: Die Welt muss umgeformt werden, und wir werden die Architekten sein.

Müller appellierte an die Loyalität der Stasi-Mitglieder.

Müller: Ihr seid Teil eines korrupten Systems. Steht auf und beendet diese Verschwörung!

Die Spannung erreichte ihren Höhepunkt während des Showdowns.

Müller: Jetzt oder nie. Wir müssen gewinnen!

Ein mysteriöser Informant half Müller im entscheidenden Moment.

Informant: Dein Kampf ist gerecht. Hier ist, was du brauchst.

Das geplante Attentat wurde vereitelt.

Müller: Wir haben es geschafft. Die Unschuldigen sind gerettet.

Müller deckte die Wahrheit über die Dunkle Allianz auf.

Müller: Ihre Machenschaften sind ans Licht gekommen. Das ist das Ende.

Das Kapitel endete mit der Auflösung der geheimen Verschwörung.

Müller: Die Gerechtigkeit hat gesiegt.

1. Anführer: Leader
2. Architekten: Architects
3. Attentat: Assassination
4. Auflösung: Resolution
5. Beweggründe: Motives
6. Briefschreiber: Letter writer
7. Durchkreuzen: Thwart
8. Entdeckte: Discovered
9. Entfaltete: Unfolded
10. Entschieden: Decided
11. Entschlossenheit: Determination
12. Geheimen: Secret
13. Gemeinsam: Together
14. Gerettet: Saved
15. Gerechtigkeit: Justice
16. Gewagten: Daring
17. Hauptquartiers: Headquarters
18. Höhepunkt: Climax
19. Identität: Identity
20. Infiltration: Infiltration
21. Innen heraus: From within
22. Informant: Informant
23. Kollegen: Colleagues
24. Konfrontation: Confrontation
25. Korrupten: Corrupt
26. Leise: Quietly
27. Machenschaften: Schemes
28. Müller: Müller
29. Pläne: Plans
30. Showdown: Showdown

31. Spannung: Tension
32. Stasi-Mitglieder: Stasi members
33. Ungeformt: Reshaped
34. Vereiteln: Foil
35. Verschwörung: Conspiracy
36. Vorgehen: Proceed
37. Wahrheit: Truth
38. Widerstand: Resistance
39. Ziele: Goals

5. Die Nachwirkungen

Müller stand vor der Herausforderung, die Wahrheit über die Dunkle Allianz zu enthüllen.

Müller: Wir müssen sicherstellen, dass die Menschen erfahren, was wirklich passiert ist.

Gespräche mit der Regierung über die Dunkle Allianz begannen.

Regierungsvertreter: Dies ist ein schwerwiegender Vorfall. Wir müssen handeln.

Die Entflechtung der Spionage-Ringe und Verhaftungen waren im Gange.

Polizist: Diese Verbrecher müssen zur Rechenschaft gezogen werden.

Müller wurde für seinen Mut und seine Entschlossenheit geehrt.

Kollege: Danke, Müller, für deinen heldenhaften Einsatz.

Gespräche mit ehemaligen Widersachern über Vergebung fanden statt.

Ehemaliger Feind: Ich habe falsch gehandelt. Verzeih mir.

Einblick in Müllers persönliche Reflexionen über die Ereignisse wurde gewährt.

Müller: Manchmal ist die Wahrheit schwer zu ertragen, aber sie muss ans Licht kommen.

Die Stasi wurde reformiert, um Missbrauch zu verhindern.

Reformer: Wir müssen sicherstellen, dass so etwas nie wieder passiert.

Gespräche mit Kollegen über die Zukunft des Landes folgten.

Kollege: Wir haben viel Arbeit vor uns, um das Vertrauen der Menschen zurückzugewinnen.

Müller beendete seine Ermittlungen und ging in den Ruhestand.

Müller: Meine Mission ist erfüllt. Es ist Zeit, dass auch ich Ruhe finde.

Gespräche über die Wichtigkeit der Wahrheit und Gerechtigkeit wurden geführt.

Bürger: Die Wahrheit hat gesiegt. Das gibt uns Hoffnung.

Die Bürger Ost-Berlins erfuhren von Müllers heldenhaftem Einsatz.

Bürger: Müller ist ein Held. Wir schulden ihm unsere Freiheit.

Die Bedrohung der Dunklen Allianz war für immer beseitigt.

Müller: Wir haben eine dunkle Ära beendet. Jetzt liegt die Zukunft in euren Händen.

Müller reflektierte über den Preis der Wahrheit.

Müller: Manchmal müssen Opfer gebracht werden, um die Wahrheit zu verteidigen.

Die Geschichte endete mit einem Ausblick auf eine hoffnungsvollere Zukunft.

Erzähler: Möge die Wahrheit und das Gute immer siegen.

1. Bedrohung: Threat
2. Beseitigt: Eliminated
3. Bürger: Citizens
4. Ehemaliger Feind: Former enemy
5. Einsatz: Commitment

6. Entflechtung: Unwinding
7. Entschlossenheit: Determination
8. Ereignisse: Events
9. Erzähler: Narrator
10. Gerechtigkeit: Justice
11. Gespräche: Discussions
12. Handeln: Act
13. Herausforderung: Challenge
14. Hoffnungsvollere: More hopeful
15. Nachwirkungen: Aftereffects
16. Opfer: Sacrifices
17. Persönliche Reflexionen: Personal reflections
18. Preis: Price
19. Rechenschaft: Accountability
20. Regierungsvertreter: Government representative
21. Ruhe: Peace
22. Ruhestand: Retirement
23. Schwerwiegender Vorfall: Serious incident
24. Siegen: Triumph
25. Spionage-Ringe: Espionage rings
26. Verbrecher: Criminals
27. Vergebung: Forgiveness
28. Verhaftungen: Arrests
29. Vertrauen: Trust
30. Wahrheit: Truth
31. Wichtigtuerei: Importance
32. Widersacher: Adversaries
33. Zurückzugewinnen: Regain
34. Zukunft: Future

German Graded Readers

For more books and E-book options visit:

www.briansmith.de